天下篇，逍遙遊
七星劍，葫蘆酒
你就這樣長身去了江湖
自天涯滄桑風塵回来的你
大鐘鳴鼓，琴瑟竽笙
高台厚榭，邃野之居
或人何在？或人何在？
你又帶書攜酒配劍
從眼前到天涯，一路過去

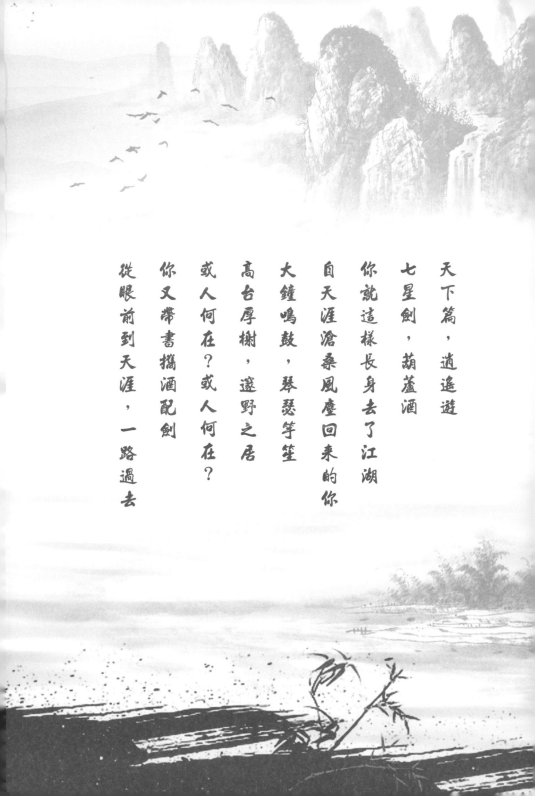

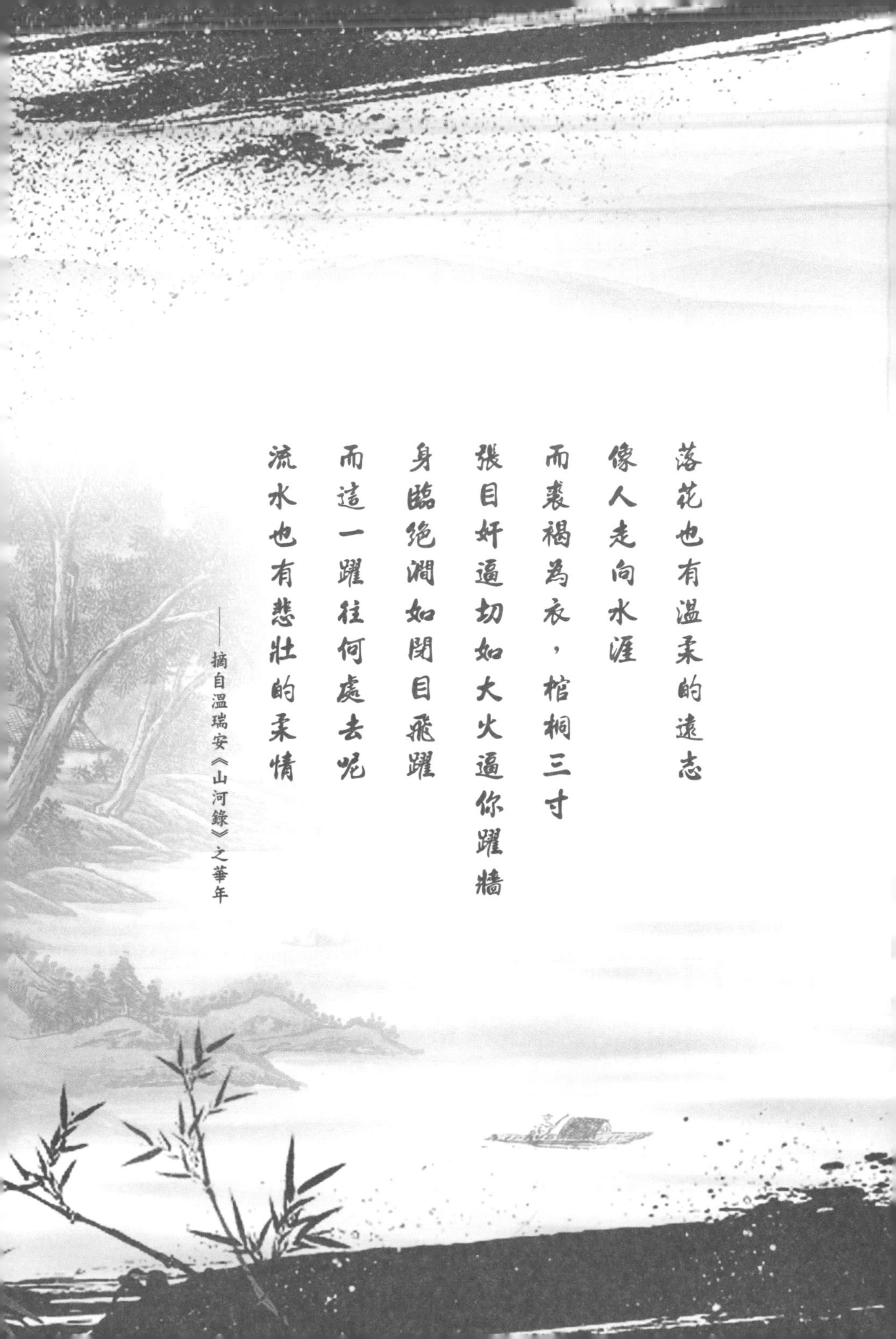

落花也有温柔的遠志
像人走向水涯
而裘褐為衣，棺桐三寸
張目奸逼切如大火逼你躍牆
身臨绝澗如閉目飛躍
而這一躍往何處去呢
流水也有悲壯的柔情

——摘自温瑞安《山河錄》之華年

武俠經典新版

說英雄·誰是英雄系列

一怒拔劍

上

溫瑞安 著

劍氣蕭心

永遠求新求變求突破的溫瑞安武俠美學

陳曉林

眼前萬里江山，似曾小小興亡。

如果在人們的想像中，古之俠者的形象就如在沈沈黑夜中劃破天穹的流星，以一霎時燦爛輝煌的光芒，觸動了深埋在內心某一角落的高尚情愫，例如對人間正義的憧憬，對生命價值的追尋，對現實困頓的掙脫；那麼，藉著抒寫俠者的故事來召喚或呼應這一抹燦爛輝煌的光芒，歸根結柢，是在呈現一種浪漫的、詩意的生命情調。

在當前時代，高科技的聲光化電、特殊效果，多媒體的視聽傳播、另度空間，儼然已成爲人們生活的一部分。而《臥虎藏龍》、《英雄》等影片，在影像藝術和商業運作上的成功，似乎反而爲華文世界的武俠小說敲響了警鐘；因爲堆金砌玉的場景、幻美迷離的情致、匪夷所思的動作，猶如七寶樓台眩人眼目，卻將想像的餘裕也驅散或壓縮到了若有若無之間。試想：當武俠小說必須走上像《哈利波特》、《魔戒》等西方魔幻小說的路子才能在商業上找到出口，對於擁有深厚傳統的武俠文學而言，將是何等尖銳的反諷？

魔幻只是武俠可以運用和結合的小說文類之一，而絕不是武俠唯一的歸宿。其實，一切高明的文學作品，真正的底蘊都在於作者能以推陳出新的文字魅力引發讀者的閱讀興味，進而拓展讀者的心靈視域，武俠小說當然也不例外。溫瑞安本身是詩人，他的現代詩兼具古典美感與前衛創意，恢詭譎怪而又氣象萬千；他以詩意注入武俠，又以俠情融入詩筆，使他的武俠小說別具一股撼動人心的魅力。他又常自覺地汲引偵探、推理、科幻、神魔、演義，乃至意識流技法、魔幻寫實、後設小說等文類作爲旁枝，而以詩意盎然的文字魅力貫穿其間。

在武俠文學的領域，古龍是最先強調必須求新求變求突破的大師，但一再揭明無論情節如何變化，「人性」總歸仍是一切文學探索的源頭活水者也正是古龍。溫瑞安少年時熟讀金庸、古龍，頗受影響，及至在武俠創作上卓然自成一家，其求新求變求突破的心情，顯然較古龍更爲渴切。這是因爲他深知若走金或古的路數，充其量不過是「金庸第二」或「古龍第二」，而他寧願一往無前地營造他自己的武俠世界，建立他自己的獨特風格。

在我看來，如果以詩人爲喻，金庸或可擬之杜甫，古龍無疑可頡頏李白；則以美麗而奇倔的文字魅力自成一家的溫瑞安，殆差相彷彿於戛戛獨絕的李長吉。「女媧煉石補天處，石破天驚逗秋雨」，溫瑞安在武俠文學上種種煉石補天的抱負與嘗試，和李長吉在盛唐氣象已逝、李杜光焰猶存的時代，爲了在詩藝上尋求突破而付出的心血，而結晶的詩篇，確有交光互映之處。至少，就構思的奇炫、情節的奇變、行文的奇幻而言，溫瑞安的若干作品確有「石破天驚逗秋雨」的意趣。

溫瑞安的武俠作品數量驚人，長、中、短篇均有膾炙人口的名篇。較爲讀者所熟知者，如「四大名捕」系列、「神州奇俠」系列，在兩岸三地均極受歡迎，以致欲罷不能，甚至開枝散葉，魚龍曼衍，且反覆搬上銀幕與螢屏，始終維持熱度。然而，我則認爲「說英雄，誰是英雄」系列才是溫瑞安的巔峰之作，神完氣足，意在筆先，將他的生命體驗、多元學識與文字魅力發揮得淋漓盡致。有了「說英雄，誰是英雄」系列，溫瑞安的武俠世界才有了可大可久的基柱。爲此，我與所有瑞安的朋友一樣，殷盼他早日將完結篇「天下無敵」殺青。

瑞安與我，均是多歷滄桑患難，允爲風雨故人。平時見面的機會卻少之又少，近十年來，甚至根本未曾一晤；然而，在內心深處，彼此都將對方當作可以託六尺之孤、可以寄百里之命的生死道義之交；其中的相知相契、互敬互重的情誼，有非語言可以形容者。如今瑞安得知我對提倡及出版武俠文學仍有一份繫念，義無反顧，將他的作品交託於我；我亦視爲理所當然，與他遙相攜手，再共同爲武俠文學的發皇而走上一程。斯情斯景，正是：「如此江山寥落甚，有人呼起大風潮」！

於二〇〇三年六月十五日

武俠大說

《溫瑞安武俠小說》風雲時代新版自序

國家不幸詩人幸，因爲有寫詩的好題材。有難，才有關。有劫，才有渡。有絕境，才見出人性。有悲劇，才有英雄出。有不平，才有俠客行。笑比哭好，但有時候哭比笑過癮。文字看悶了，可以去看電影。文學寫悶了，只好寫起武俠來。

我寫武俠小說，起步得早，小學一年級時已在大馬寫（其實是「繪圖本」）武俠故事。武俠小說令我豐衣足食，安身立命多年，但我始終沒當她是我的職業，而是我的志趣。也是我的「有位佳人，始終在水一方」。我始終爲興趣而寫，武俠乃是我的少負奇志，也成了我的千禧遊戲。稿費、版稅、名氣和一切附帶的都是「花紅」和「獎金」，算起來不但一本萬利，有時簡直是無本萬利，當感謝上天的恩賜，俠友的盛情，讓我繼續可以做這盤「無本生意」。我用了那麼多年去寫武俠，其間斷斷續續（例如近五年我就幾乎沒寫多少新稿），但故事多未寫完，例如「四大名捕」故事，但三十幾年來一直有人追看，鍥而不捨，且江山代有知音出，看來我的讀友，不但長情，而且長壽。所以，我是爲他們祝願而寫的，爲興趣而堅持的。小說，只是

溫瑞安

茶餘飯後事耳；大說，卻是要用一生歷煉去寫的。

我在臺灣推出「武俠文學」系列時，是在一九七六年之後，也陸陸續續、斷斷續續在「長河」、「中時」、「皇冠」、「神州」、「花田」、「天天」、「遠景」、「萬盛」、「晨星」等出版社推出多個不同版本，近幾年我的書已沒再在台出版，港臺的版權也完全回到我手裏。我本來也沒打算在近日推出這全新修訂的版本，但後來還是改變了主意。一是讀者的要求：在台不易找到我書，縱眾裏尋他千百度，尋著了也只殘缺不全，我見獨憐；二是因爲陳曉林先生，曉林是我相交近三十載的好友，這還不算，我在相識他之前就與他文章相知，仰慕其爲人的日子。他就是那種「俠客書生」——俠者的風骨，但在現代社會裏只能化身書生議論入世救世的人物。他本身就是大俠廁身於俗世的反映。他是一枝筆舞一片江山，我是得意淡然，失意泰然，在現實裏各自堅持俠道的精神；我跟他有時是相見如冰，有時是相敬如兵，實則是俠道相逢，吞火情懷，相敬如賓。蒙他願意出版，我實在求之不得，榮幸之至。我的作品就是我的孩子。我相信他。我交給他。

時空流傳，金石不滅，收拾懷抱，打點精神。一天笑他三五六七次，百年須笑三萬六千場。武俠於我是「咬定青山不放鬆」；作爲作者的我，當年因敬金庸而慕古龍，始書武俠著演義，已歷經四次成敗起落，人生在我，不過是河裏有冰，冰箱有魚，餘情未了，有緣再續而已矣。

溫瑞安

識於二〇〇三年六月四日端午

說英雄誰是英雄系列

一怒拔劍

上冊

目錄

陳序　劍氣蕭心……1

新版自序　武俠大說……4

一　遇雪尤清，經霜更艷……001

二　梅毒……016

三　跛腳鴨的出場……037

四　三把刀的上場……058

五　浮生若夢，現實不是夢……063

六　進入愁石齋的後果……076

七　士不可不弘毅……090

八　誰是大害？……103

九　必殺諸葛……115
十　張炭的下場……132
十一　腳印的話……145
十二　偷書賊……157
十三　信……169
十四　人生到此，可以一死……183
十五　欲笑翻成泣……197
十六　冷寂的雪意……210
十七　星星雪……223
十八　雪、梅、棋、針、箭……240
十九　老天爺……254
廿　棺材，又見棺材……269
廿一　飛箭不動……284
廿二　酒和女人……296
廿三　雙葉……310

開弓沒有回頭箭
拔劍豈無隔夜仇
磨刀霍霍澆碧血
槍花綻處造化愁
——與其一怒拔劍
何不一笑祝好？

——《一怒拔劍》引詩

一 遇雪尤清，經霜更艷

這年初春，雷純轉出林蔭，轉過長亭，就看見那一角晴空下黛色的高樓。迎著蒼穹、俯瞰碧波，這一角樓宇很有種獨步天下主浮沉的氣勢。可是雷純知道裡面住的是誰。她要報仇。她要殺掉正在裡面沉痾不起的人。那是蘇夢枕。那是殺死她父親而她差一點便嫁了給他的蘇夢枕。

◇◇◇

雷純的容貌，遇雪尤清，經霜更艷。

當年她在江上撫琴……

而今她的心已沒有了弦。

「柔兒還不肯回來嗎？」

「唉！這孩子實在是太不像話了。我曾經請過三個人去把她叫回來，去年底她回來了一次，整個人都變了模樣，鬱鬱不歡、無精打采的樣子，過了年後，又嚷著要到京城去了。她娘說好說歹，我也不要管她的了。」

「當日她下小寒山，我以為她是回來探你們了，沒想到……她要真是到京城裡探夢枕也罷，只是，蘇夢枕這個孩子野心大、志氣高，早已捲入京城或明或暗的勢力裡，鬥得水深火熱，柔兒她入世未深，初涉繁華，加上京城風起雲湧、你虞我詐，怕只怕她受了欺，也不敢作聲。」

「是她自己不爭氣、不受教，怪不得人！師太不必為她憂心，這孩子，有這個福命嘛！多歷練也好，要是沒有……光護著她也不行。」

「倒是令高徒蘇夢枕的武功謀略，為不世英才，只要他對柔兒有幾分照應，相信在京城裡沒多少人敢不賞他個面子。」

「夢枕這孩子武功確高，且富機心，他天生就有一股領袖群倫的氣派，不過，說是我調教出來的，那是老尼厚臉皮掙出來的話。他的『黃昏細雨紅袖刀』法，自成一家，可能因他自幼體質羸弱之故吧！反而把他生命的潛力逼發出來，刀法淒艷而詭奇，快而凌厲，已經遠超過貧尼的『紅袖刀法』了。」

「那是名師出高徒，可喜可賀。」

「大人見笑了。貧尼這番話是要爲自身脫罪。」

「貧尼教出他這樣的徒弟來，掀起腥風血雨，只怕縱虎容易擒虎難，貧尼也收拾不了這個局面呢！」

「神尼言重。蘇夢枕雖然是『金風細雨樓』的樓主，京城裡非官方勢力的頭領，但實際上是主持正義，扶弱除強，對部屬管制極嚴，絕未爲非作歹，恃勢妄爲；而且，他的勢力所以能逐漸壯大，也是經朝廷默許的。金兵入侵，戰局漸危，朝廷主戰派正需要各方豪傑的支助，蘇夢枕正是爲抗外敵、廣結豪傑，共赴危艱，這一點則是可敬可佩的；所以他與『六分半堂』的一戰，看來只是京城裡兩大在野勢力的此消彼長、對抗對壘，實則是主戰派與議和派的決戰。而今國家積弱，大好江山，奉手讓人，主和者貪戀富貴，只圖一時偷安，蘇公子的作爲，發聾震聵，仍不愧爲俠義中人。」

「難得大人這般誇許劣徒。夢枕生性好強拗執，殺性太烈，別的沒有，以國家興亡爲己任，他倒是一絲不苟的。誰都知道京城裡，『迷天七聖』是主降派，根本與外賊聲息相通、朋比爲奸。『六分半堂』只是主和息戰，怕啓戰禍會致使偷安之局尙不可保。唯『金風細雨樓』是主張抛頭顱、灑熱血、共赴國難，退逐外敵。說來，前十數年，京城還是『迷天七聖』的天下，而今……人事變幻，倏忽莫測，一至於斯。」

「說來令徒蘇夢枕，實在是個人傑，連雷損這樣的梟雄，都喪在他的手下。昔年，『迷天七聖』獨步京師，誰人不怕？誰能無畏？『六分半堂』雖勉強能與之抗衡，但也僅有招架之力，全無還手之能。當年『六分半堂』堂主雷震雷，特別重用兩大愛將，一個是雷陣雨，一個便是雷損。雷陣雨不甘於百多年來一直是蜀中唐門利用了雷家火器炸藥的威力，製造成獨步天下的暗器，他反過來挾持了唐門高手，爲雷家子弟的火藥倍增功效；雷損則認爲雷家太注重指法與內勁，耽迷於火器及古法，他覺得雷家應該要開拓視野、擴展門戶，所以痛下苦功，修習『快慢九字訣法』，爲雷門武功注入新的元氣，他爲了苦修得成，雖斷三指，而仍持志不懈，終將『臨兵鬥者皆陣列在前』的技法能夠淋漓盡致，發揮無遺……這兩人對『六分半堂』和雷門，都可謂功不可沒。」

「可是，到後來，雷損卻借刀殺人，誘使雷陣雨和『迷天七聖』的關七相鬥。

結果，雷陣雨險成廢人，關七也幾成白痴，雷損卻以化干戈爲玉帛的方式，娶了關七的親妹子關昭弟爲妻，『六分半堂』與『迷天七聖』的勢力聯合，陡然壯大，雷損成爲真正的領袖，他又先逼死雷震雷，再逼走關昭弟，此外又與雷震雷的獨生女兒雷媚暗通款曲，都可謂是『無毒不丈夫』了。」

「由是他太過狠毒，結果才致應了劫，不然，以他能忍人所不能忍，伺機而動，時機未至，隱忍潛伏，這種人最難拔他的根、掀他的底！他鬥倒了雷陣雨，鬥垮了關七，鬥死了雷震雷，俟這些障礙都一一清除掉時，『金風細雨樓』的老樓主蘇遮幕已歿，高徒蘇夢枕主掌大局，把風雨樓攪得天風海雨、氣勢逼人，反而把『六分半堂』比了下去。雷損居然還可以一直啞忍，暗中部署，表面上全面捱打，似無還手之力。蘇夢枕將計就計，藉勢造勢，步步進逼，要與『六分半堂』速決勝負。雷損似膽小怕事，一味退讓，其實卻在約戰前夕暗地裡發動攻擊，卻爲蘇夢枕所悉，提前發兵，直逼『六分半堂』……」

「但這也不過是雷損意料中的事。」

「便是。於是雷損當蘇夢枕的面前，演出一幕『被殺身亡』，他要自己的心腹親信狄飛驚在背後暗算他，然後他躍入別人僅以爲他收藏暗器和高手的棺槨中，爆炸而歿。其實，與此同時，他即潛入地底隧道中，俟敵人疏神之際、慶功宴之時，連同『六分半堂』一等好手，全面突襲，可惜的是……」

「可惜功虧一簣。他做過的孽，報應循環。原來雷媚就是蘇夢枕座下四大神煞之首郭東神，在緊急關頭，一劍刺殺了他。」

「這次雷損是真的死了。」

「可是『六分半堂』並沒有垮。」

「這便是雷損精明之處，也是他從大局著眼的地方。他留下了大堂主狄飛驚，留守大本營，自身雖死，但狄飛驚仍然可以夥眾維持『六分半堂』的局面，臥薪嘗膽、歃血為誓，要替雷損報仇！」

「萬事留後路，這是雷損最了不起的優點！」

「古語有云，斬草不除根，春風吹又生，卻也是雷損的致命傷，否則，雷媚也不致要殺他報仇了。」

「不過，雷損還是用對了一個人。」

「是不是狄飛驚？」

「對！這人雖然年輕，但城府過人，而且對雷損絕對忠心。雷損死後，人人都以為他會率領『六分半堂』大舉報復，豈料他按兵不動，高深莫測。人人都知道他矢志報仇，但誰都不知道他會用什麼方式復仇。已經一年了，有段時候，京城裡傳來蘇夢枕斷腿的消息，而且證實了確有其事，狄飛驚依然不為所動，後來武林中又盛傳蘇夢枕體力不濟、病發危殆的消息，狄飛驚仍然毫無動靜。誰也看不清楚他，到底打的是什麼主意？」

「他也許在等。」

「等？」

「等好機會，更好的機會。」

「但一般武林中人總以為：機會稍縱卻逝，再等下去，還有沒有機會？還會不會有機會呢？」

「也許他在觀察——想當年幾乎沒有人知道狄飛驚到底會不會武功，大多數人還以為他頸骨折斷，直至蘇夢枕派了雷滾和林哥哥去殺他，才弄清楚了，他的武功高不可測。」

「那一次殺——也殺出了狄飛驚最近收攏的兩名強助，方恨少與『天衣有縫』，聽說『天衣有縫』還是你派過去的，不知是否有這回事？」

「是。『天衣有縫』本非池中物，他向我請纓要赴京城覓回柔兒，我就知道留他不住。我總共派過三個人赴京，一個是『七大寇』裡的唐寶牛，也是一去不返。只有舍弟溫文，總算是把那不聽話的女兒抓回來了，但回到家來仍是不聽話，三魂去了七魄似的，想來讓她繼續在江湖上闖闖世面、見見世相也好，也只好由得她了。」

「這事也憂心不得，所幸令媛相貌清奇，自有慧福，當不至生大險。大人剛才提到過狄飛驚以靜制動，暗中觀察——是不是指他正注意著蘇夢枕和結義兄弟白愁飛、王小石間的離離合合呢？」

「對於這點，我的看法是：蘇夢枕幸運，他在與雷損決戰之前，先行遇上這兩個有本領的年輕人：白愁飛和王小石。如此一來，佔盡優勢。如今狄飛驚想要打倒蘇夢枕，首先得先拆散他們的關係。且看自從蘇夢枕殘廢後，多把事務交予楊無邪、白愁飛、郭東神、王小石等人。王小石對幫會波譎雲詭的鬥爭，不甚熱衷，志不在此；而白愁飛又顯得過份熱心，事事雷厲風行，使得『金風細雨樓』處於一種銳進但並不平衡、團結但並不和諧的狀態裡。狄飛驚何等聰明，他自然要靜觀其變。」

「貧尼倒覺得遇上王小石與劣徒蘇夢枕，不是幸與不幸的問題，而是個性使然。雷損一向狡猾多疑，除狄飛驚之外，不肯輕易信人，所以也不容易用得了能人；蘇夢枕一向不懷疑自己的兄弟，所以他在『跨海飛天』之役裡，爲自己部下莫北神所暗算，但亦爲自己親信郭東神所救，這是因果，各憑修爲。」

「神尼所言甚是。這樣看來，『六分半堂』至恨的，要剪除的對象，首要的當然是蘇夢枕，但對『窩裡反』的雷媚，自然也恨之入骨了。只怕這是『六分半堂』志在必殺的兩個人。」

「這還不打緊，只是，近日來朝廷主和之風大盛，這樣一來，京城裡的局面恐怕又要變易，遷都之勢，恐已成定局。」

「唉！我們才在戰陣報捷，理應把金兵趕回老家去，怎奈朝廷裡有的是貪生怕死的俊人，把好不容易才掙得的大好河山，又得要雙手奉送了。果是這樣……我少不得也要……冒死進諫了。」

「大人為國犯難，為民請命，貧尼自是深佩，只是國勢積弱難返，主政之士罔視百姓疾苦，大局誠難力挽。聽說城裡有句歌謠：大哥二哥三哥換換位子坐坐坐，天下又要亂一鍋。聽說連城裡的方小侯爺、龍八太爺、朱刑總、蔡相爺也都想摻一手，連同『天下第七』這種棘手人物也潛伏京城，聽說『迷天』關七更要捲土重來……天下從此多事了。令嫒留在京城，實非安全之計。」

「這樣說來，我實在應該再請文弟去一趟，把那不像話的東西綁回來。」

「貧尼只怕也得要到一趟京城，看看那些不長進的傢伙鬧成怎麼一個模樣兒。」

「難得神尼雖入空門，仍關心黎民疾苦，持劍爲道，正是普濟眾生，解眾生厄之菩薩心腸也。」

「這卻不敢當，只是塵緣未盡，道行仍覺有不足之處，雖說四大皆空，總有些事仍繫懷在心而已。卻教大人見笑了。」

這年春末，古洛陽城裡，小寒山紅袖神尼竟千里迢迢拜會溫晚溫嵩陽，說出了這一番話。

那時候，正是朝政日非，國事蜩螗，大軍壓境，民不聊生。凡有志之士，不論朝野，均想爲國家興亡盡一己之能，圖力挽狂瀾，唯天子奸臣互爲勾結，培克聚斂、奢侈淫糜、庸駑無能、荒糜誤國，局面日不可爲矣。

◇◇◇

這年初冬，雷純乘轎過東六北大街，遙見「金風細雨樓」，矗立在陰霾的蒼穹下，那麼巍然沉毅，又那麼的不可一世——有什麼辦法才能使它坍倒下來呢？變成泥，變成灰，變成塵。

雷純望見一天比一天深寒的天氣。

自己春蔥般細長，但比雪猶白的手。

彷彿聞到一陣梅花的清香。

遇雪尤清，經霜更艷。

——蘇夢枕的病，是嚴冬還是早春？

這個曾經是她深念過的人，只能病，但不可以死，因爲她要殺他，親手殺死他。

◇◇◇

從「金風細雨樓」到皇宮的路上必經小戒亭。此時正是初冬。晚來天欲雪，寒風刮得脖子往頸裡直縮。

小戒亭的景緻也一片消殘，亭外小橋，橋下流水潺潺，再過不多時，流水也要冰封了吧！

忽然蹄聲起，蘇夢枕的車馬隊，在這暮未暮日落未落的時候，自三十六坊匆匆趕返「金風細雨樓」。

自從「金風細雨樓」大敗「六分半堂」、雷損被當場格殺於紅樓「跨海飛天堂」內，之後，狄飛驚仍主掌「六分半堂」大局，誓與「金風細雨樓」週旋到底，但京城大勢為「金風細雨樓」所掌握，「六分半堂」仍處於劣勢。

不過，時局轉易，變生不測，「金風細雨樓」一向主張強兵厲馬，力抗金兵，惟蔡京再度封相，主和之勢大熾，「金風細雨樓」反而失去了朝廷的認可，但又不肯就範、妥協。飛龍在天，難免就進退兩難、剛而易折。「金風細雨樓」也有山雨欲來風滿樓的窒息感覺。

冬天才剛剛開始。

雪猶未降，街頭寒意沒有盡頭。

——人生有沒有盡頭？

「金風細雨樓」上上下下，都怕蘇樓主夢枕公子走到生命的盡頭。他們自綠樓上、會議中、轎子裡、馬車內等等不同的場合、不同的地方，都聽到蘇夢枕的咳嗽聲，如同漸近的北風，一聲聲摧人肝腸。

——近幾個月來，蘇夢枕的病情顯然更嚴重了。

自從蘇夢枕斷腿以後，白愁飛和楊無邪在「金風細雨樓」的身份，是愈來愈重要了。

時遷勢移，蘇夢枕的病，仍依靠樹大夫不可；可是御醫樹大夫，已不能擅自離宮，蘇夢枕只好移樽就教。

是故，蘇夢枕赴皇宮的次數越多，越是表示他的病情轉劇。

只不過，今天蘇夢枕的咳嗽聲，似乎少了很多——是咳嗽已經治好？還是連咳嗽的力氣也耗盡了？吉祥如意心裡頭都這樣想。

◇◇◇

「吉祥如意」不是一句賀詞，也不是一句成語，甚至不是一句話。

而是人名。

四個人的名字。

「一簾幽夢」利小吉。

「小蚊子」祥哥兒。

「詭麗八尺門」裡的高手朱如是。

「無尾飛鉈」歐陽意意。

這是「金風細雨樓」裡新進的四大高手的名字。因爲圖個吉利，這四個人名裡的一個字串起來，就是「吉祥如意」。這四名高手，都年輕、能幹，有獨特而且獨一無二的武功，而且忠心耿耿，在「金風細雨樓」裡表現出色，越漸得力。

朱如是和歐陽意意都是白愁飛引進的高手，祥哥兒是王小石的好友，利小吉則是楊無邪特別推介的人。他們都獲得蘇夢枕的重用。

這四個人，隨侍蘇夢枕的出入，在這風雪將臨的時節裡，只聽馬車篷裡的病人，沒有了咳嗽聲，心裡到底是喜是愁？

◇◇◇

這是一部駟駕棧車，絹帔篷革，雕龍繪鳳，華貴奪目。不管車軛、衡、轙、轅、輗、軫、轂、轐、輻，都漆金鑲銀，燦麗非凡。

役車者有兩人，一是祥哥兒，一是朱如是；利小吉和歐陽意意則在左右篷杆旁，各貼車旁而立。

前面四匹健馬開路，兩人腰佩長劍，二人手執長戟，後有三騎殿隨，都是腰佩弓、手執大刀的壯漢。

這些人，都是「金風細雨樓」新一代的好手。

「人說雷損有九條命，死了又能翻身，但他終究還是死在蘇夢枕的佈置下；」京城中在朝廷裡江湖上身份同樣神秘而尊貴的方應看曾這樣笑謂：「只有蘇夢枕是殺不死的。除非是他自己想死，否則誰也殺不了他。」

殺得了殺不了是一回事。

但總是有人要殺蘇夢枕。

◇◇◇

馬隊正要渡河過橋，「哎喲」一聲，一個老邁蹣跚的老公公，掉進了河裡。

那河水摻和了上游的厚冰，在北風送寒裡更是冷冽無比。

二 梅毒

馬隊停了下來。

利小吉已經準備躍下河裡去救那老翁。

就在這時，車裡的人問：「什麼事？」

朱如是即答：「一個老頭子，掉落在水裡。」

車裡的人想也不想，馬上說：「繼續前行。」

這便是命令。

誰也不許停留。

甚至也不准救人。

利小吉他們只好眼睜睜的看著老翁在冰凍的河流裡掙扎。雖然不忍心，也不敢抗命。

車過木橋。

突然，河裡「嘩」地冒起一個人，手中的丈八長矛，自橋下刺穿橋板，刺入車底，又自車頂穿了出來！

利小吉失聲驚呼：「公子……」

祥哥兒登時臉色變了：「王八蛋！」

河那頭已有一個人，雙手執著一柄至少有兩百斤重的龍行大刀，吼叱著衝殺過來，他身形魁梧，臉肉橫生，厚唇如腥肉、鐵髭如蜂窩，腳下激起白花花的水珠，逆光衝殺過來，恰似渾身炸開了百道銀線。

這股衝殺過來的氣勢，無人能擋。

同時間，河的另一頭又有一人，竟似踏在水面上掠來，如履平地，身法靈動之極，手中揮舞著一串極細的銀色鍊子，要不是與河面上水色相互映閃，而且發出尖銳的風聲，根本就不可能知道他手上有這樣一根長兵器。

兩個人夾擊而來，迅速接近。

前頭馬隊四人，遇危不亂，立即策馬，二在左，二在右，持戟拔劍，立馬迎戰。

後面三騎，凝神戒備。

就在這時，突然，一人忽自橋畔土地祠裡震起。

這人簡直是一個巨人。

一個鋼鑄的巨人。

這人走動的時候，簡直就像一尊會動的銅像。

這個巨大的「銅像」，先前竟然可以屈身在這樣一座小小的土地祠堂裡，真教人不可思議。

這個「銅像」手上有一柄雙刃巨斧。

巨斧在他走動的時候迅速變長。

他身形最長大，但動作極快。

他一現身，本已靠近轎子，他行動快，手中斧又長，一個大掄斧，環掃中三匹馬蹄，六蹄皆斷，馬踣人落，第二掄斧便砍下三人的頭，第三掄施斧便砍下了馬頭。

然後他迅速接近轎子。

與此同時，執劍和持戟的騎士，全已死在操刀者和使銀鞭者的手裡，血水自屍身湧出，河水也漂出幾縷腥腥的紅！

這時候，那落河的老翁也迅速躍上岸邊，攔在橋首，雙手仍插在袖中，全身雖濕淋淋，但他站在那兒，就像個叱吒十萬大軍沙場無敵的大將軍！

那在河裡的持矛刺客，一擊得手，也躍上了橋墩。

如果說：那在河裡匿伏的刺客是一個中心點的話，那麼，舞龍持大刀者在左邊衝來，使銀鞭的人自右邊撲至，後頭有掄巨斧的大漢，前面則攔著那落水的老者，總共五個人，剛好形成一個惡毒而必殺的陣勢，就像一個梅花圖樣。而這個暗殺的陣勢，就是叫做：「梅毒」。

「自愛新梅好，
行尋一徑斜；
不教人掃石，
恐損落來花。」
臘後春前，暗香浮動，那就是梅花吐艷。
冷艷。
越冷越傲，越寒越艷。
不經一番澈骨寒，焉知紅梅撲鼻香？
人說雷損生前，只愛三件東西。

愛女人，包括了他的心愛女兒。

愛人才，尤其是狄飛驚。

愛權力，所以建立了「六分半堂」。

其實他還愛一樣東西：

他愛梅花。

他喜歡賞梅、詠梅；因爲愛梅，所以曾經設計了一個計劃，要暗殺他最「喜歡的敵人」蘇夢枕。

——只要蘇夢枕仍然有病。

——只要他有一日經過這小戒橋。

——只要他能召集得了這五個人：雷公、雷劈、雷重、雷鳴、雷山。

現在，他們果然來了。

自「江南霹靂堂」趕來。

他們來的目的只有一個：

就是執行「梅毒」計劃。

——替雷損報仇！

（必殺蘇夢枕！）

長矛已穿過車子，車裡的人必然無倖。

但是，這五個人竟是不退反進。

他們要趕盡殺絕，還要把蘇夢枕的屍身揪出來，碎屍萬段。

雷損是「江南霹靂堂」最出色的子弟，他在京師裡掌管大權，結交朝臣，對雷門自然也有好處，江南雷家製造炸藥，私營火器，沒有朝廷的首肯與支助，肯定會有千種不便的。雷損一死，「六分半堂」大權就旁落到姓狄的手裡，他們對蘇夢枕更恨之入骨。

他們是雷損的兄弟。

雷損曾經扶植過他們。

他們決心要爲雷損報仇。

利小吉、祥哥兒、朱如是、歐陽意意全心全力護著車篷，就算在車裡的蘇夢枕已然身亡，他們也得要匡護他的屍身。

可是來敵的兵器實在太長、太猛烈、太難應付了。

他們如果不想與車子同毀，就得要閃身引開長兵器的攻擊。

只有利小吉仍在車上，因爲在橋底下的雷山，他手上的長矛已戳入車裡。

雷山赤手空拳，一躍而上，一連急攻，利小吉見招拆招，寸步不讓。

雷山摸出兩粒「雷震子」，想往車裡扔去，利小吉反守爲攻，直攻得雷山沒有機會把「雷震子」撒手。

這時際，倏聞一聲尖嘯。

那落河的老者，已一個飛身，自橋首直掠至車前，利小吉正要攔阻，老者一腳掃開利小吉，左手掀帘，右手欲劈，突然——

他大叫一聲。

身往後倒。

額上一記紅印。

小小小小的紅印。

在他倒下去的時候，那紅印突然擴大，額角裂開，血光暴現，「隆」的一聲，他身上的「雷震子」即時炸了開來，然後，大家才看到一根手指。

中指。

這是白皙、修長的中指。

這一隻手指，自車帘裡伸了出來，現正緩緩地收了回去。

這一指不但要了雷公的命，卻也震住了全場。

格鬥都停頓了下來。

人人望定那一根手指。

手指已收了回去。

人人只好望定了車帘。

車帘的布很厚，還繡著鳳翔麒麟，誰都看不透帘後的事物。

雷山衣衫盡濕，也不知是河水，還是汗水？

他大吼一聲，騰身揮拳，直攻向車篷。

雷山身形龐大，這般力攻，直連馬車都會被他壓碎。

可是馬車並沒有碎。

他自己卻碎了。

他的鼻骨碎了，打橫飛出丈外，「叭」地落在水裡，水面立即冒出了血紅，他就再也沒有起來過。

帘裡又伸出了一隻手指。

這回是拇指。

一個翹著美麗弧型的拇指，好像正在誇獎著什麼人的戰績一般。

執龍行大刀的雷劈、揮銀鞭的雷鳴，還有銅像一般的巨人雷重，忽然都覺喉頭苦澀，全身都冷得發抖。

——初冬的天氣，教人意寒，明年春夏尚遠。

歐陽意意、朱如是，祥哥兒看著他們，神色就像看到三座墳墓一般。終於，還是雷重——先行厲聲大呼道：「你不是蘇夢枕！你是……」

那馬車陡然動了。

利小吉已躍下馬車。馬車自行飛滑，撞向雷重。

雷重狂吼一聲，什麼都豁了出去，掄斧迎上，一斧把馬車劈開兩片！

馬車轟然應聲而倒，落入河中。

車裡無人，只不過有一根斷矛。

雷重猛抬頭，就發現了一件事：

他剩下的兩名兄弟，雷鳴和雷劈，都仰身倒在水裡，咽喉都多了一個血洞，清清河水灌了進去，又化成血水湧了出來。

一個錦衣人，飄然站在他們的屍身上。這次，他伸出了兩隻手指。

一左一右。

都是尾指。

白皙、修長、文氣的手指。

不沾一滴血的手指。雷重狂嚎，掄斧，自中拗折，反手將雙斧砍入自己左右太陽穴裡。

「白愁飛……『六分半堂』和雷家的人……一定會跟你算……算這血海深仇！」

◇◇◇

錦衣人看著他的死，好像很惋惜的樣子，然後以非常同情的口吻說：「把他們抬回去，厚葬他們。」

朱如是應道：「是。」

「難得他們能爲雷損這般忠心效命，」錦衣人白愁飛很有些感歎似的道：「忠心的人應該得到厚殮。」

利小吉卻忍不住問：「白副樓主，怎麼車裡的會是你？」

白愁飛淡淡地反問：「怎麼不會是我？」利小吉一時爲之語塞。

「想殺蘇樓主？」白愁飛冷哼著，伸出雙手，一隻一隻手指的看了過去：「得要先殺了我。」

於是，自從這一天開始，「要殺蘇夢枕，先誅白愁飛」的風聲，便傳得滿城皆知，不久以後，連江湖黑白道上，也傳得沸沸揚揚。

「欲殺蘇，必殺白。」

「白死蘇難活。」

◇◇◇

然而這一戰，卻有兩個人，在相當的距離、絕沒有人會發覺的地方觀戰。

這兩個人，一個便是當今獨撐「六分半堂」大局的狄飛驚。

另一個是曾經背叛過「六分半堂」的林哥哥。

狄飛驚負手、垂頭，似是在俯視風景。

林哥哥就站在他的背後。

——他與叛徒林哥哥獨處，難道不怕他又變生異心，再圖刺殺？

狄飛驚到底在想些什麼？

林哥哥也不知道。

他在等。

他等狄飛驚問他話。

他知道狄飛驚一定會有話問他的。

狄飛驚果然問他：

◇◇◇

「是你提供情報，告訴『雷門五大天王』，蘇夢枕必經小戒橋？」

「是。」

「可是為什麼你要他們這樣做？」

「『雷門五天王』老遠的打從江南趕來，為的是要替雷總堂主報仇，他見我們遲遲不發動攻擊，早生不滿之心，不如就讓他們自己試試，能成當然好，敗亦無妨。」

「你呢？」

「我？」

「你對『六分半堂』一直未採取反攻行動，有何看法？」

「我不敢說明瞭狄大堂主您的策略，但至少我可以相信，大堂主必自有打算，而且，現在還不算是時機成熟，要是妄自犧牲，打草驚蛇，看來，這種徒勞無功的事，大堂主是絕不為的。」

「可是因為你所提供的密報，『雷門五天王』全死在小戒橋，你不怕江南『霹靂堂』雷門的人懲罰你麼？」

「我是『六分半堂』的人，要罰，該由『六分半堂』罰我，我甘心受刑，沒二話說。其實古來征戰幾人回？我已跟他們說過，貿然刺殺蘇夢枕，只是討死而已，他們就是不相信，這怨不得我。」

「不是怨不得你，而是人都死了，要怨也有所不能。」

「要做事就不能怕人怨，這是當年總堂主常常督導的。」

「你已非當年吳下阿蒙，『金風細雨樓』應要對你刮目相看。」

「全仗大堂主成全，我才能活到今天，我再不痛改前非，就是辜負大堂主對我活命之恩，當年總堂主對我的厚愛。」

「這些都是廢話。你本是人才，胡混過活，只是虛度光陰。人可以對不起別人，但不可以對不起自己。你儘做些自毀的事，那就算是白活了這一趟。」

「是。」

「你可知道『雷家五大天王』因何失敗身死？」

「他們太過意氣用事，欠缺週詳考慮。輕敵足以致命。他們低估了蘇夢枕，而且還少算了個白愁飛。另外，雷總堂主的『梅毒』計劃，也有……點……」

「你儘說無妨。」

「我在這三個月來遍查資料宗卷，雷總堂主所設計的『梅毒行動』，暗殺部署跟當日沈虎禪在松林溪心月橋暗殺『殺手王』省無名，說來非常相近。」

「哦？」

「省無名是『海眼幫』輩份最高的宿耆，沈虎禪在十五歲時就下戰書，難得省無名卻不輕敵，嚴加防範。有日他帶同七十餘名護衛乘轎經過心月橋，轎底忽然被槍刺破，穿入轎中，但橋下狙擊者尚未撤手，假扮成其中之一名護衛的省無名已突然殺到，不過，他卻沒有料到：那狙擊者只是個幌子，那是唐寶牛，真正的沈虎禪匿伏在水裡，俟他一躍下來，立即殺出，省無名到頭來還是死在沈虎禪刀下。在橋底下伏擊，這法子跟沈虎禪殺省無名之役頗為相似，蘇夢枕不可能全無警惕。」

「你對白愁飛的一口氣連殺五大高手，又有什麼看法？」

「其實蘇夢枕並不可怕，可怕的是白愁飛。蘇夢枕武功再高，也只是頭跛了腿的老虎，白愁飛卻是長了翅膀的豹子。目下『金風細雨樓』裡，蘇夢枕臥病、王小石無心理事、楊無邪集中在樓內攬組織，只有白愁飛步步為營、聲譽日隆、地位高陞，而且手段非常。」

「所以要毀『金風細雨樓』，先得殺蘇夢枕；要殺蘇夢枕，須除白愁飛？」

「是。」

「你的推斷，看來很有長足的進步，但還是失諸偏頗。」

「我斗膽說這麼多，其實便是為能得大堂主賜教。」

「你剛才所談的，其實不是持平之見，而是成敗論斷。一件事情發生了之後，總會有些後知後覺的意見，說自己一早已見及此云云，你的論見還算精確，勉強可列為後知先覺。試想：假如『雷家五大天王』這次成功得手，他日江湖上人又會怎麼個論法？很可能便會說：士氣可用，化悲憤為力量，『雷家五天王』秉承了雷損的遺志，得報深仇。也可能會說：蘇夢枕殺雷損後，太過大意，以為狄某不敢反擊，沒料到『霹靂堂』雷門的人泯不畏死，終於授首。假若此役中白愁飛被殺，議論的人又會說：白愁飛不自量力，想當蘇夢枕第二，結果，給蘇夢枕借刀殺人，作了犧牲品。反正，無論是何種情狀，論者總會有道理，也懂趁風轉舵、借風轉向，故此，這不是議是論非，而是成敗論英雄。成，所作所為都變成了英明抉擇；敗，一舉一動都予人詬病，這種話，是聽不得的。」

「大堂主說的是。我在論述的時候，的確有受到眼前成敗結果的影響，左右了判別的能力。」

「人人如是，自所難免，這也怪不得你。不過，有兩點，無論成敗，都是該予以注意的：第一，雷山、雷重、雷公、雷鳴、雷劈的確是雷總堂主的好兄弟。就算雷總堂主死了，他們也不忘記他的恩情。一個人如果沒有患難與共的兄弟，就很容易自命清高，找下台階，表示自己才不攪這一套連盟結義的無聊東西，但事實上，他只是求之不得，根本不知道人生難得有真正兄弟，像獲得知音共鳴一般，是可遇不可求的。我沒有跟什麼人結拜過，所以我說這番話連自己都罵在內，可算是公平的，我們不可輕視這種力量。如果蘇夢枕和白愁飛、王小石也有這等交情，那確是不可忽視的，因爲王小石和白愁飛，不論智略武功，都要遠勝『雷門五天王』。」

「……」

「第二，白愁飛今天雖然大捷，但他至少犯了兩項錯誤。一是他出手太早，我看『吉祥如意』四人，也未必制不了『雷門五天王』，白愁飛急著出手，無疑一定有他的目的。他是志在表現？爲何要表現給這四名手下看呢？著實教人費解。二是白愁飛不該發葬雷家五人，因爲這樣一來，誰都知道他就是兇手，日後，江南雷家的人，絕不會放過他，他這樣做，無疑與雷門結下深仇。」

「大堂主的意思是……」

「白愁飛這樣做，必定有他的緣故，他不是個蠢人。」

「以屬下之見，蘇、白、王三人之間，不見得是相處得太好。」

「何以見得？」

「如果他們真的那麼肝膽相照、安危與共，王小石實在不必要在這風頭火勢下離開『金風細雨樓』，去金石坊一邊賣畫一邊替人專醫跌打了。王小石當然也不是個蠢人。」

「京城裡的蠢人是越來越少了，資質差一點的人都沉濺下去，只剩下強者冒上來，冒的人多了，要互相擠兌，擠掉對方來掙一存身之地；」狄飛驚悠悠然的說：「蘇夢枕也曾差楊無邪過來說項，條件是讓我坐第四把交椅，並主掌『六分半堂』，但必須先解決雷損。我那時候虛與委蛇，以便進行總堂主的反擊大計。在那種情形下，我加盟與否對他而言舉足輕重，但蘇夢枕仍只讓我當老四，可見得他對這兩人的器重。王小石真要是無志於此，就不會仍留在城裡了。天下偌大，賣字賣畫，駁骨療傷，哪個地方不能幹？所以，我覺得要毀『金風細雨樓』，得要先殺蘇夢枕；要殺蘇夢枕，就要先誅白愁飛。要殺白愁飛，先得解決王小石。」

他評斷事情的時候，理路分明，有條不紊，語音也平靜穩定，就像是在敘述一些跟自己全然無關的事情一般：「蘇夢枕好比是北斗星之首的紫微星，領袖群雄，雄才偉略；白愁飛則是他的七殺星，爲他破關攻城，而又能獨當一面；王小石則似是他的破軍星，衝鋒陷陣，威鎮邊疆。至於楊無邪，則是他的天相星，替他掌管印權、運籌帷幄，而郭東神、刀南神即如左輔、右弼，守護呼應，所以，他們四人的組合，是一環接一環密接的，防護森嚴，在沒有覷出他們的弱點與罩門之前，貿然發動攻擊，就算以總堂主之才與蓋世武功，一樣得要敗北。」

林哥哥小心翼翼地問：「那麼，我們現在只有靜待時機了？」

「一面等，一面點些火、掘些土、灑些水，『金風細雨樓』就像一大堆紮在一起的木材，再堅固也耐不住長期的侵蝕，我們等下去，敵手會不耐煩，或會有疏忽，而時局也很可能會轉向我們有利；」狄飛驚把雙手攏在袖子裡，這動作頗似雷損在世時候的習慣，道：「何況，現在就有人找上了王小石，王小石也找上了別人的麻煩。」

林哥哥自從在一年前受過大挫之後，變得很小心，事事謹慎處理，不問不該問的，該問的時候一定問，所以他稍微衡度了一下，才誠摯的問：「誰找上王小石的麻煩？」

他揣測狄飛驚這樣說了，便是等他來問。

如果他問了，狄飛驚便會說下去。

狄飛驚果然回答：「龍八太爺。」

林哥哥不禁心裡一亮：任何人惹上了龍八太爺，這一輩子只怕都不敢再惹麻煩，甚至不能再惹麻煩了。誰都知道龍八的背後是什麼人在撐腰。朝裡上下都有這樣的傳說：寧可得罪皇帝，也不敢得罪這個人。

林哥哥覺得很慶幸。

他知道他問對了。

——王小石惹了這麼個天大的麻煩，狄飛驚自然很樂意告訴他人知曉。

是以他再問：「王小石找的是什麼人的麻煩？」

狄飛驚臉上微微帶著詭秘的微笑，這使得他看來更邪氣得好看。

這次他的回答就只有兩個字：

「先生。」

（狄飛驚臉上微笑著，心中卻省惕到：自己跟雷總堂主太長的時日了，他還是慣於作一個觀察者，雷總堂主問他意見時，他便下論斷、提意見，可是雷損現在不在了，他卻有意無意，造成部下對他求教徵詢，他也藉機說出一些獨到之見。）

——可是這算什麼？

——讓部下多瞭解自己，會帶來什麼好處？

——而讓部屬太了解自己，卻肯定會帶來極大的危機！

（雷損死了，他現在就坐在雷損的位子上，做著雷損的事，享有與雷損同等的地位。）

（他就是雷損！）

（他怎能到現在還做狄飛驚！）

（就算他仍是狄飛驚，但狄飛驚已不是狄飛驚了！）

他在心潮起伏的時候，林哥哥似乎還被那「先生」二字所震愕，一時沒說出什麼話、也沒問得出什麼話來。

三　跛腳鴨的出場

王小石幾乎什麼話都能罵得出口來。

他已失去了好脾性。

更失去了耐性。

溫柔說要來幫他店子裡的忙。他本來還不算很忙，但溫柔一到，他就真的忙了，因爲溫柔在短短半個時辰裡，總共打翻了他兩次硯台、弄髒了他三幅字畫、撕破了他一張絹帛、打破了他三隻藥瓶、一口藥煲、兩隻藥罐。

溫柔還把方子對調給了不同的病人，要不是發現得早，這可要鬧出人命；而溫柔也確有過人之能，還能在同一時間，踏得王小石店舖裡那隻老貓慘叫八大聲之後，又踩著了一個給耙齒銼傷了腳踝的病人，並且在人貓慘嚎聲中，她撞到一個正在喝藥鎮胎、懷孕十個月的婦人，其他搞砸的事情，還不勝枚舉。

王小石幾乎要喝叱她。

只是「幾乎」。

他還沒有——

溫柔已經嘴一扁、眉一蹙、快要哭將出來了——

而且，已經哭出來了。

◇◇◇◇◇◇

這一來，王小石就更忙了。

簡直忙到不可開交了。

「妳不要哭，妳爲什麼哭？妳不要哭。好不好？妳哭，人家以爲我欺負妳啊！」他一面要向溫柔解釋，一面要向人客賠罪，還要向他情急之際拿布給那孕婦抹揩時被人罵爲「淫徒」而道歉。

「你罵人……」

「我沒罵！」王小石急得直跺腳，因爲門口又進來了一個手臂關節起碼斷了三處的傷者：「我還沒罵呀！」

「可是，你，你，你你，你你你……」溫柔「哇」地希哩嘩啦地哭了出來：

「你對人家變了臉色！」

梨花帶雨。

狀甚悽楚。

於是旁觀者，尤其是剛進來，不明就裡的人，就紛紛來指斥王小石的不是了。

王小石有冤無路訴，只好低聲下氣道：「妳不要哭呀！」溫柔「哇」的一聲，哭得更響，王小石只好挨近了些，央求：「妳不要哭了好不好？」

忽聽「噗嗤」一聲，溫柔竟破涕爲笑，她美得像沾雨盛露的花容，更清麗可人，王小石看得一呆，溫柔嗔道：「看你以後還敢欺負我不？」

王小石喃喃地道：「妳不欺負我已經很好的了。」

溫柔聽不清楚，眉頭一皺道：「你說什麼？」王小石嚇得吞四口氣三口唾液，忙道：「我什麼也沒說。」

溫柔歪著頭去端詳他，王小石被她看得渾身不自在，雙頰也有些烘熱起來。

「真的？」

「真的。」

「沒騙我？」

「妳別這樣看人嘛！」

「怎麼？我這樣看人不行啊？」

「不是不行……」王小石接下去只有長嘆一聲。

「那是什麼？」溫柔居然仍不放過。

「妳知不知道妳是個女孩子？」王小石只好說。

「女孩子？女孩子就不能看人呀？」

「妳知不知道妳的樣子……」王小石感覺自己像是被人逼供。

「我的樣子？」溫柔又一偏首，笑得像隻小狐狸似的，雙手背在身後，手指交纏著，花枝亂顫的問：「我的樣子怎麼了？」

這時，又有一個傷者，左腕扭脫了臼，王小石如獲救星，趕忙過去救治。

溫柔卻還不甘心，也湊過去，東看西瞧，都看得不耐煩，用手拍拍王小石的肩胛，道：「噯，小石頭，你知不知道昨天我去找那老阿飛玩，他可怎麼了？」

王小石低聲道：「哦？妳昨天找他玩來了？」

溫柔又是沒聽清楚，一張笑靨又趨了過去：「嗯？」

王小石只聞一陣如蘭似麝其實是她髻上那朵野薑花的香味，清得入心入肺，只說：「沒什麼。」

溫柔沒好氣地問道：「怎麼你們說話都像鬼吃泥一般？」王小石一個不小心，下手重了，那傷者竟悶哼了一聲，卻不痛叫出聲，王小石連忙致歉，說道：「他也是跟妳這樣說話？」

王小石又去看顧另一人足膝關節卸脫的情形，見溫柔沒回答便說：「那個會飛的呀！哼哼。」

「你說他呀！」溫柔一說到他就牙癢癢：「你知道他昨天怎麼說？他叫我別那樣看著他，再看，他會把我吃了。我看他是餓瘋了，天天在樓子裡忙，跟你一樣，全沒點人味兒了。」

王小石哼哼嘿嘿的道：「妳沒看見嗎？我是真忙。」剛好又進來了一個頸骨扭傷的，可是這個人忍著痛都不哎唷一聲，一看就知道，都是在拳頭上立得住樁子、叫得響萬子的江湖好漢。

溫柔嘟著腮道：「你們個個都忙，就我不忙，無事忙！」

王小石故作大方：「妳可以找二哥玩去。」

溫柔不屑得上了面：「我才不找他玩，一副感時憂國的樣子，跟大師哥的杞人憂天，正好天生一對，他們自個兒玩去，整天都是一大堆字卷，每談必是什麼戰略，每個人都先天下之憂而憂，這輩子都甭想快樂了。」

溫柔說著說著又開心起來了，搖著頭滿是自得的樣子：「還是本小姐聰明，我實行先天下之樂而樂。」

王小石忍著笑，因爲他正替人駁骨，雖然早已如庖丁解牛，嫻熟至極，但溫大小姐喜怒無常，總不能笑出聲來，讓人錯覺以爲幸災樂禍，只說：「妳何不去找雷姑娘玩？」。

「她？」溫柔擔心地道：「自從那天晚上之後……」陡然住口，並用手掩住自己的嘴，一副怕被人發現要責罰的樣子。

王小石一皺眉：「什麼？」

溫柔放下了手，樣子回復到一個端莊成熟的樣子：

「沒什麼。」

王小石也不以爲意。

他大爲留意的倒是這時前來求醫的病人，是愈來愈多了，而且盡都是些關節脫落、扭傷甩臼之類的「病人」。

這些傷看來都不是傷者不小心做成的，分明是爲人所扭脫、震傷的。

這種傷並不難治。

王小石的接骨術本來就很高明。

傷者都很能忍痛。

下手的人，出手也並不太重。

只是怎麼忽然間來了這許多受傷的人？

這些人看來都是道上人物，難道京城裡的各幫各派又發生毆鬥？

他心中思疑，忽見一個書生，眉目清朗，悠悠閒閒的踱了進來，手裡搖著扇子，看他的神態，像是遊園而不是來看病的。

偏偏他嚷著：「英雄怕病，才子畏疾，大夫在哪裡？我是來看病的。」

◇◇◇

他一進來，大部份「病人」都垂下了頭，走了出去，眼裡有忿忿之色。

王小石發現那些「病人」，都是那些「傷者」。

他發現那青年書生神清氣爽，面如冠玉，別說沒有帶傷，連肚疼只怕也不可能患上。

而且他發現書生走進來的時候，眼睛竟向溫柔睞了睞，溫柔嘴邊居然掛了個甜絲絲的微笑，會意的點頭！

王小石心頭火起。

他自己也不知道，究竟爲了什麼，他忽然這般抑制不住脾氣。

他很氣。

十分的生氣。

就在這時候，那書生踱到牆邊去看字畫，一幅幅的看，活像這裡就是他的家。

「好字，好字！」那書生以大鑑賞家的口吻道：「這字寫得彷似抱琴半醉，詠物緩行，嵇康自在任世，在字裡見真性情。」

王小石道：「好眼力，好眼力！」

書生回首，稍一欠身道：「好說，好說。」

「可惜那不是嵇康的字，而是鍾繇的書，他的字直如雲鵠游天、群鴻戲海，很有名的。」王小石補充道：「這兒光線不太好，你還能看得見牆上是書不是畫，眼力算是不錯了，只可惜還沒看清楚字下的題名。」

書生居然神色不變：「啊哈！鍾繇的字，他的字，可越來越像嵇康了，哈哈！這麼好的字，掛在這麼暗的地方，就像一朵鮮花插在牛糞堆上，不像話，不像話！」

王小石寒著臉說：「你來幹什麼？」

書生反問道：「你是幹什麼的？」

「我替人看病，」王小石指指牆上書畫：「我的二哥不幹這書畫生意後，我連這也兼了。」

書生道：「那鍾繇的書，你賣不賣？我看，這兒只有這幅字像話。」

「這幾幅字畫都不賣，」王小石笑道：「沒想到你這麼瞧不起王羲之。」

「什麼？我瞧不起王右軍！」書生指著自己鼻子振聲地道：「他的書字勢雄逸、如龍躍天門、虎臥鳳闕，凡懂得書藝者，莫不推崇，你卻這般坑我？」

「不是我坑你，是因爲你眼裡有鍾繇，目中無右軍，」王小石用手指了一指：「在鍾大師右邊那幅字，就是你說的龍躍天門虎臥鳳闕的王羲之『哀禍帖』。」

這下書生真幾乎下不了台，只好道：「這幅字相傳不是真品，他的『喪亂』、『得示』才算是天下奇書。」

王小石這次不再追擊，道：「你來買畫，還是來看病的？」

書生咧嘴一笑，的確紅唇皓齒，也伶牙俐齒。

書生笑道：「本來是來買字畫的，但好字好畫，你都不賣，其他劣品，又不入我法眼，只好看病了。」

王小石道：「你有病？」

書生悠然道：「你是大夫，這句話該由你來答我。」

王小石坐了下來，示意書生也坐下，道：「請你伸出舌來。」

書生一楞，道：「怎麼？我的舌頭是藍的不成？」

「你沒聽過看症要望聞問切嗎？」王小石沉聲道：「你不給我看個清楚，也隨你的便，我隨便開個止腹瀉的方子，讓你七、八天裡出恭不得，你可怨不得我。」

「也罷也罷。」書生叫道：「庸醫誤人，非禮勿視，只不過給你看個清楚又何妨！」

王小石看了看他的舌頭，又叫他伸出手來，把了把他的脈門，眉頭一皺，卻聽溫柔一聲輕笑，眼光一瞥之間，只見書生向溫柔伸了伸舌頭。

王小石心中更怒，暗忖：這個枉讀詩書的登徒子，敢情他來此地是醉翁之意……

突然，那書生一反手，反扣住他的脈門。

王小石剛要起立，那書生雙腳已踏住他兩腳腳跟，同時發力一扯。

這一扯，可把王小石心頭大火，全都扯了出來。

他本來就火氣上頭，加上書生突施暗算，情知這一扯之力要是一方放盡、一方實受，自己雙踝一腕，就得像那些傷者一般，脫了臼動彈不得了。

書生正待用力一扳，王小石一沉肘，擊在桌面上，桌子砰地裂開，王小石小臂陡直，右手便一直沉了下去，書生的手也制之不住，王小石一拳擂在書生左膝蓋上。

書生怪叫一聲，這一拳，可把他的眼淚鼻涕全逼了出來。

王小石趁他沉膊俯身的當兒，雙手閃電般扣住他的肩膊，叱道：「好小子！敢來暗算人！」

他明明已抓住書生右肩，不料眼前一花，那書生直似游魚一般自他指間閃開。這書生暗算不成，一招失利，王小石本沒把他瞧在眼裡，忽見他有如此美好身法，不禁愣了一愣。

可是書生也著了一拳，痛入心脾，走得不快，王小石一腳飛起，把那張原先書生坐的竹凳，踹飛了過去。

書生怕又傷及自己膝蓋，連忙用手接住，只覺一股大力湧來，身形一晃，王小石大喝一聲，一掌拍了過去。

書生用竹凳一擋。

「啪」的一聲，竹凳碎裂，書生大叫道：「別、別、別……」又一股大力湧至，他站立不住，倒飛七尺，背部撞在牆上，幾幅字畫，紛紛落下。

王小石一個箭步，又扣住了他的右肩：「你到處卸人骨節，我這也給你卸一卸！」

只聽溫柔叫道：「喂，小石頭，你當真哪？」

王小石道：「有什麼不當真的？」

卻聽書生掙扎道，「你、你敢傷我，我就撕畫！」

王小石一看，頓感啼笑皆非。原來書生逃不過他掌心，便抄了牆上鍾繇的字書，準備撕掉報仇。

王小石看這人如此耍賴，反而消了傷他之心，只逗趣的恐嚇說：「你敢撕字，我就把你頸骨也卸下來，讓你一天到晚垂頭喪氣，學學當年狄飛驚的模樣。」

忽然門前一黯，一人虎吼道：「小石頭，你敢傷他，我就燒店！」

王小石一看，原來是長得神勇威武相貌堂堂的唐寶牛，心中大奇，當即鬆了手，拍拍手道：「他到底是誰？這般得你們維護！」

心裡靈光一閃，念及剛才書生帶著膝傷依然能夠施展出絕妙的步法，陡地想起一個人，道：「『白駒過隙』身法！你是方恨少？」

那書生依然俯著身子撫著膝傷，嘴裡咕嚕道：「媽媽呀！這次可真的是方恨少，姓方的只恨少生兩條腿了。」

王小石忍住笑，問：「這是怎麼一回事？張炭呢？」溫柔看到方恨少雪雪呼痛的樣子，就笑得花枝亂顫，幾乎一口氣也喘不過來，一時也答不了王小石的問題。

方恨少恨恨地瞪了她一眼，忿忿不平的道：「還笑！都是妳！」

溫柔吃吃笑道：「我可不知道你這般差勁法！你還說哪，萬一打不過，憑你一身什麼絕世輕功，至少可以逃之夭夭，現在可像什麼，哈！」

方恨少氣鼓鼓的問：「什麼？」

溫柔噗哧地又笑出了聲，向唐寶牛咬耳朵說了一句話。

方恨少硬是要弄個水落石出：「她說什麼？」

唐寶牛呵呵笑道：「跛腳鴨。」他得意洋洋地道：「她說你是！」

其實這只是個惡作劇。

唐寶牛與方恨少是「七大寇」裡的結義兄弟，平時事無大小，動輒爭執，實則是同生共死、氣味相投的莫逆之交。

唐寶牛和方恨少早已認識溫柔。大小姐脾氣的大姑娘溫柔，連同唯恐天下不亂的唐寶牛，還有愛惹事生非打抱不平的方恨少，加上一個好管閒事好奇心重的張炭，這幾人的組合，陣容已足可隨齊天大聖飛天入海，大鬧天宮。

唐寶牛和張炭，跟王小石早就結成了好友，方恨少只聽說過王小石這個人，卻沒見過，聽溫柔說他怎麼的好、唐寶牛誇他怎麼夠朋友、張炭讚他如何講義氣，方恨少心裡更不服氣，立意要跟王小石比劃比劃。他說：「王小石有什麼，他要不動用相思刀、銷魂劍，我憑五根指頭就可以把他手到擒來。」

張炭笑說：「別死充了！我就服他人雖年少，武功人品都是上選，蘇夢枕和雷損只曉得死抓住權力不放，白愁飛和狄飛驚野心更大，到頭來不是人被志氣所激發，而是反被志氣所奴役；不像王小石，拿得起，放得下，功成、身退，在京城裡治病跌打，幫人助己，賣字售畫，樂得清閒，逍遙自在，你還是少自找苦吃的好！」

方恨少一聽，登時火冒八十二丈。「水行不避蛟龍者，漁夫之勇也；陸行不避兇虎者，獵夫之勇也。我要秤秤王小石的斤兩，乃勇者無懼也。」

溫柔拍手笑道：「好啊，好啊，你就扮作病人，跟他較量較量，要是你能扳倒那塊石頭，我就疼你。」

方恨少給這一說，弄得臉上熱了起來，可是更激起了與王小石一鬥之心。溫柔巴不得有人能挫一挫王小石與白愁飛，好教訓他們別沒把她溫大姑娘瞧在眼裡。

張炭沒加理會，只笑道：「你硬要自觸霉頭，我也只好由你。」

唐寶牛有點擔心起來：「書呆子，要是你給那小石頭放倒了，我該幫誰？」

方恨少一聽更氣，牙嘶嘶的道：「你放心好了，看明兒誰放倒誰！」

於是便和溫柔設計了一個「圈套」，要猝擒王小石，其實也不致下重手傷他關節，只是要制住他而已。不料，兩人一動上了手，王小石在瞬息間已覷出方恨少武功強處，先挫其鋒，再傷其膝，要是唐寶牛和溫柔再遲一步制止，方恨少便還要吃點虧。

王小石有些不悅：「這次跟方公子動粗，實是我的不對。溫柔、唐兄弟怎可胡鬧致此？要遇上白二哥，萬一弄個不好，恐怕要出人命。」

方恨少吃了敗仗，心中已是不忿，聽王小石這般一說，便道：「我跟你暫時平分秋色，未定勝負，要不是他們從中作梗，只怕我失手傷了石兄，那就不好意思得很了。怎麼還有個白老二，我倒要去領教領教，你放心吧！我儘可不施絕招、不下殺手便是了。」

王小石一聽，便瞭解這位書生性情，忙道：「是啊！我剛才差些給方公子扭斷了手臼，我那位白二哥脾氣大，輸不起的，方公子還是看我的份上，放他一馬吧！」

方恨少這才道：「我一向不喜欺人太甚，忠恕待人，既然你老是這樣說，我就且把決戰暫緩。」

王小石笑道：「那就多謝你了。」

方恨少怒問：「謝我什麼？」

王小石詫異道：「不找我二哥麻煩啊！」

方恨少忽一笑，充滿了自嘲：「他不找我的麻煩，我已經很感激的了，還謝什麼？」

王小石忙改話題：「我謝的是你手下留情呢！」

「我手下留情？」方恨少仰臉看他：「你說真的？」

王小石有點狼狽：「剛才公子若下重手，恐怕我現在就不能說得出話來了。」

「你這樣說，我倒反不能厚著臉皮認了。我姓方的雖然不才，但總不致於厚顏到承人之讓後還佔便宜！」方恨少磊磊落落地道：「剛才那一戰，是你放過我，不是我讓你，本公子承情得很，你無需說安慰的話了。」

王小石弄得一時也不知怎麼說是好。

唐寶牛在一旁居然幸災樂禍的說：「哈！沒想到大方也肯認輸，真是六月雪、半夜陽了！」

方恨少恨恨地白了他一眼：「輸就輸，有啥了不起！我不像你大水牛，輸不起，死要面子！我平生最信孔子的話：仰不愧於天，俯不怍於人，坦坦蕩蕩，不像你這鼠摸狗竊！」

唐寶牛正待發作，忽聽溫柔喃喃自語道：「仰不愧於天，俯不怍於人……仰不愧於天，俯不怍於人……」

唐寶牛奇道：「妳沒事吧？不是中了暑吧？」

方恨少笑啐道：「立冬天氣，哪來的暑呢？」

溫柔忽叫了起來：「對了！仰不愧於天，俯不怍於人，這兩句話，我讀過啦！是孟子說的，不是孔子！」

方恨少臉上一紅，頓覺難以下台，只好說：「我剛才這樣說了嗎？」

唐寶牛忙道：「說了，說了！」

方恨少哼著聲道：「孔孟本就一家，分什麼孔說孟曰，無聊無謂！」

唐寶牛道：「那我明白了。」

方恨少以爲對方支持他：「你明白就好了。」

唐寶牛道：「孔孟不分家，那你我也沒分際，不如你跟我姓，就叫唐恨少如何？」

方恨少這回老臉扯不下來，正待發作，王小石打岔道：「張炭呢？怎麼沒來？」

溫柔探頭往外張了張，外面很寒，前陣子下過了一場雪，街上樹梢仍掛有殘霜，連門外的碎石，也沾了些兒雪屑：「是啊？他呢？怎麼沒來？」

話才說完，一部黑蓋韬車，自街頭轉現，到了店前，停了下來。車子蓋著布篷，貼著車帘趕車的，正是張炭！

溫柔一見他就悅笑：「死炭頭，剛才好精采的場面，你都錯過了！」

張炭沒精打采的說：「王公子，上車來吧！」

王小石一愣，張炭平時都只叫他做「小石頭」，怎麼今天忽然稱起他「公子」來了？「上車?上車幹什麼?」

張炭仍有氣無力地道：「你上了車再說。」

溫柔拊掌笑道：「好哇!我們乘車逛大佛寺去。」

張炭搖搖頭。

溫柔詫道：「黑炭頭，你今天怎麼啦？」

張炭又點了點頭。

唐寶牛叱喝道：「黑炭，你幹麼要死不死的？」

張炭的身子突然向前一挺，這一挺似乎想仰首挺胸，但顯得極不自然。

只聽他道：「我……沒事。王公子請上車。」

王小石不禁問：「到哪兒去？」

張炭忽然伸伸舌頭，還眨眨眼睛。

一個垂頭喪氣的人，忽然做出這等動作，可謂奇特古怪到了極點，然後張炭的臉容又恢復了正常。

他圓圓的眼、圓圓的鼻、圓圓的耳、圓圓的腮，看去像一個滾圓圓的飯糰，偏生是眉宇高揚、若有所思的時候很有一股不凡之氣，就算是無神無氣的時候，也令人有一種靜若處子、不動如山的氣勢。

他說話仍是有氣無力：「你上來便知道了。」

王小石道：「可是我的店子門還開著呀！」

張炭應道：「關了不就得了。」

唐寶牛忽道：「你何不進來坐坐？」這句話他問得很慢、也似乎非常小心。

張炭也回答得很慢、很小心：「我現在累得只想找一個洞穴，道路通向哪裡都不管了，天天這樣怎能承受？制不住自己要到處闖闖，又不想落人之後，面壁悔過也無及了，人生就是從無到有，敵友都如此這般。」

然後又接著道：「大哥二哥三哥都別生氣。」這句話卻說得很快，一個字一個字像連珠炮箭射了出來，一點也不像是請人息怒的口吻。

前一番話，他也說得很仔細、很小心，每一句都停頓了一下，然後才接下去，彷彿每一個字都是判上一件罪行一般，一字定生死，錯不得。

可是王小石和溫柔，卻完全聽不懂。

——張炭這番話，似通非通。

——到底他在說什麼？

方恨少卻似懂了的樣子。

他也居然小心謹慎的問：「上一回你不敢行前，救人一命都不敢的就是你！」——這又是句什麼話？

溫柔忍無可忍：「你們都在說些什麼？」

方恨少轉過頭來問她：「死炭頭只請小石頭去，不把我們看在眼裡，妳說可恨不可恨？」

溫柔不加思索便答：「可惡死了！」

方恨少似乎知道她必然會這樣說，向唐寶牛道：「溫柔也說該打！」

唐寶牛一面捋袖子一面大步行前，向張炭罵道：「死炭頭，下來下來，讓我教訓教訓你！」

溫柔有點不解，想分辯道：「我的意思只是……」

方恨少忽一閃身，到了車前，邊向溫柔道：「溫姑娘別哭，黑炭可惡，我把他打得雪中送炭，給妳出出氣。」

話一說完，飛身而起，他的身法極快，快到簡直不可思議，可是有一人比他更快，已向張炭疾衝而至，一拳就往他臉上擂去！

這人正是唐寶牛！

溫柔急叫道：「你們怎麼……」

唐寶牛的拳眼看要擊著張炭的顏面，方恨少已至，一伸手，已挾住了張炭，往外一掠，唐寶牛的拳依然擊出，擊在篷車上！

「轟」的一聲，篷車坍塌了。

就在方恨少挾住張炭飛掠之際，篷車內似有白光，閃了兩閃。

張炭在半空中一反手，像接了一招，但發出一聲悶哼。

方恨少飛掠的身子也微微一震。

王小石馬上瞥見那閃了又閃的白刀，他眼裡立即露出恍悟之色。

——原來是這樣的！

他後悔自己沒能早些看得出來。

四　三把刀的上場

篷車坍塌，馬嘶放蹄，就在這時，又有刀光一閃。

刀光快極。

刀勢快極。

唐寶牛怒吼。

一拳擊出。

一拳飛向刀光。

◇◇◇◇◇

——究竟是刀利、還是他拳頭硬？

——到底是刀快，還是唐寶牛拳快？

唐寶牛別無選擇。

他明知車裡的是誰，可是他避不及。

他只有迎戰。

不管刀山火海，他也不畏懼，唯有死裡求生，才可能死而復生。

他知道這一刀卻不比尋常。

雖然他有一雙鐵拳，但這一刀曾把一隻一百二十斤重的銅盾砍裂，把盾後的「七幫八會九聯盟」中的外三堂四大香主裡的鐵塔道人，一刀兩段，身首異處。

這一刀恐怕不是鐵拳能砸得下來。

可是他只有迎向這一刀。

他不能退縮。

——方恨少剛剛救走張炭，兩人身未落地，他絕不能讓車裡的人還擊。

他只有接刀。

以他的拳。

和他的膽色。

就算是「鐵拳」，也是骨和肉。

而這一刀卻是鋼和鐵的勁敵。

——這一刀會不會削下唐寶牛的一雙鐵拳？

答案是不知道。

因爲另一把刀，已及時砍中了這把刀。

刀火四濺。

刀光如夢。

刀何如？

◇◇◇◇◇◇

刀還是刀。

王小石收刀。

刀聲清靈、清脆、清澈、清而悅耳。

對方的刀疾縮回篷車裡，發出一陣鈍刀的刺耳聲響，還夾雜著一聲痛哼。

這時，馬車已完全拊塌，車裡飛躍出三個人來。

三人都是狠狠的望著王小石。

三個人高矮不一，只有一點相同：腰間、背上、手裡都有刀。

其中一個人刀在手，但他手背上有血。

也正因爲他手上的傷，使他連刀都不能準確地回鞘，而且還要兩名同伴左右護挾，才能及時躍出馬車來。

王小石認識這三個人。

當今「彭門五虎」中把「五虎斷魂刀」練得最出神入化的彭尖。

「驚魂刀」習家莊的少莊主習煉天。

「相見寶刀」的衣鉢傳人孟空空。

◇◇◇

他們怎麼會在車內？

他們爲什麼要向方恨少、張炭、唐寶牛出刀？

這是「翻手風雲覆手雨」方小侯爺手下的「八大刀王」之三，今天他們到這兒來爲的是什麼？

五　浮生若夢，現實不是夢

王小石向孟空空、彭尖、習煉天招呼道：「原來是你們。」他像是見到了三個老朋友似的：「傷得不重吧？還好吧？沒事就好了。」

他問的是彭尖。

他手背上直淌著血。

他的手背卻沒有傷。

血是從他袖裡滲出來的。

但袖子並沒有破裂。

一點裂紋也沒有。

可是血一直在流著，也就是說，他的手臂已經受了傷。王小石剛才用的是刀。

彭尖受的當然是刀傷。

——可是刀並沒有劃破他的袖子，他的手臂是怎樣受傷的？

這連彭尖身旁的兩大用刀高手：孟空空和習煉天，都不明白。

別說他們不明白，就連彭尖自己，也弄不清楚。

彭尖感到震怖。

他是個極有自知之明，同時也極有自信的人，要不是這樣，他也不可能成爲「五虎彭門」中出類拔萃的高手，那是因爲他早就把彭家斷魂刀的弱點和缺失，看清看楚看透，所以才能加以改善改良改革，甚至發揚光大。

彭尖自問論武功，絕對還不是雷損、蘇夢枕、關七等人的對手，但若論刀法，在京城裡，他絕對是數一數二的，就算在江湖上，他在刀法上的造詣，仍足以傲視同儕。

他的人矮小、冷靜、不作聲、一向寡言、一開口言必中的；素不出手，一拔刀人頭不留。

可是，就在這一年來，他卻遭逢了兩度慘敗。

敗，對一個以刀爲命的刀客而言，是奇恥大辱。

不過，這兩次慘敗，卻令彭尖心服口服。

一次是在一年前，他在風雨中的酒館裡，遇上了「天下第七」。

那一次，他傷在「天下第七」手中，迄今還不知爲什麼兵器所傷。

但他能在「天下第七」一擊之下，尚能活命，還能把他的同伴習煉天在「天下第七」的手上救了回來。

這一戰雖敗，但也令他名動一時。

第二次便是在今天。

他用刀，王小石也用刀。

他竟敗在王小石的刀下。

他一向是看準了、認確了才出刀。

剛才孟空空向方恨少出刀，習煉天向張炭出刀，他認準了唐寶牛出刀。

孟空空攔不住方恨少，但也傷了他。

習煉天雖殺不了張炭，不過也見了血。

而他，本要殺了唐寶牛。

（他一直以為唐寶牛跟「天下第七」是同一伙的人，那就是因為在當天的晚上，他們正要動手殺掉張炭的時候，唐寶牛帶著「天下第七」手下，衝進客店來。）

（要不是後來「天下第七」出現，那一役他就可以「奉命」殺了張炭和唐寶牛。）

彭尖一向不大喜歡做不成功的事。

也不喜歡半途而廢。

他覺得沒把事情做好，便是一種奇恥大辱。

所以他想藉此次任務，順便把張炭和唐寶牛也一起殺掉了。

可是他連王小石的刀也沒看清楚，便受了傷。

受了幾令他連刀也握不住的傷！

然後王小石竟還那樣問他。

彷彿像兩個同在一條村的鄉親，在大城市裡不期而遇、相互問好一般。

彭尖一時不知如何回答。

王小石那時已經在說別的話了。

他向張炭和和氣氣地道：「我不去了，不如，你進來喝杯茶吧！」

張炭摸摸自己脅下，鮮血略滲染了衣衫，他聳聳肩道：「如果你店裡有的是米，不是茶，我就一定進去坐。」

方恨少偏著頭問：「爲什麼非要吃飯不可？」

張炭的表情，似在表示這問題委實太過幼稚：「因爲我流血，不吃飯，怎能塡補我流掉的血？」

方恨少摸摸肩膊，肩上也泛染了一小團血漬：「你可以喝茶呀，喝茶一樣補血。」

「喝茶只能放尿，不能補血；」張炭說：「你連這點事都不懂，難怪你打不過王小石了。」

「你說話真是難聽，跟那頭大水牛一樣的沒教養。」方恨少皺眉道：「這又關打不打得贏王小石什麼事？」

他們居然在那兒不著邊際的談論起來，渾忘了剛才有三大使刀的一流高手在此。

習煉天已經忍不住要發作了。

孟空空卻仍非常客氣的問：「有一事要向諸位請教。」

唐寶牛一聽，第一個就道：「你請吧！我教。」

孟空空誠誠懇懇的問：「你們一早就知道我們伏在車內了是不？」

唐寶牛直截了當地答：「不知道。」

「哦？」孟空空道：「那我就更不明白了。」

唐寶牛仍然大剌剌地道：「像你這種人，不明白的事情本來就很多。」

孟空空依然不發怒：「那麼，你們是怎麼知道我們就在車上，而且能夠配合好一齊行動呢？」

唐寶牛咧開大嘴，伸手向張炭一指，道：「他說的。」

孟空空一呆，道：「他說的？」

唐寶牛更加得意非凡的樣子：「他當著你們面前說的，你沒聽到？」

孟空空與習煉天對覷一眼，那張炭道：「我曾說過這段話：我現在累得只想找一洞穴，道通哪裡都不管了，每天這樣怎能承受？制不住自己要到處闖闖，又不想落人之後，面壁悔過也無及了，人生就是從無到有，敵友都是如此這般。」他頓了一頓：「你不記得了？」

孟空空點頭道：「是有這一段話。」

方恨少插嘴道：「你把第一句的第一個字和最後一個字，第二句話的第一個字，第三句話的最後一個字，第四句話的第一個字，第五句話的最後一字，第六句話的第一個字，第七句話的最末一字，和第八句話的第一個字，合起來看看。」

「除了第一句話的首尾之外，凡是雙數的話語的第一個字跟逢單數語句的最後一字，串連起來，」唐寶牛笑嘻嘻地道：「你就會發現我們『七大俠』的聯絡方式、暗號手語，智慧過人。」

孟空空想了想，恍然道：「那是……『我穴道受制後面有敵』……無怪乎他後來還加了句：『大哥二哥三哥都別生氣』，我們曾在酒館一會，張炭是藉此點出了背後脅持他的是誰，高明，高明。」

唐寶牛當仁不讓的道：「失禮，失禮。」

方恨少理所當然地道：「慚愧，慚愧。」臉上當然連一絲兒慚愧之色都沒有。

張炭也笑道：「這是兩浙三湘的特殊暗語，算是多教了你長點見識。」

孟空空頷首道：「正是，多謝。」

倒是王小石臉上閃過了一絲詫異之色。

他跟彭尖交手一刀，勝來似瀟灑輕易，其實那一刀之中，彭尖曾在刀勢上作出三度反撲，王小石分別以刀尖、刀鋒、刀身破之，最後，還是以刀意傷了對方。

一個真正的刀手，他手中的刀，連刀柄、刀鞘、刀布在內，無不可傷人。

只是要傷彭尖，絕對是件不容易的事。

王小石卻是非傷他不可。

在剛才那一刀定勝負的比拚裡，他傷不了彭尖，就得死在對方的刀下。

像彭尖反挫力那麼高的敵人，王小石與他交手只一刀，但已惺惺相惜，印象難以磨滅了。

孟空空卻還沒有跟王小石交過手，王小石對他已有深刻的印象。

他發覺孟空空「謙虛」——至少他十分沉得住氣，在一個非常的情勢下，還把握學習新事物的機會。

而且，孟空空的記憶力奇佳。

張炭那一番奇言怪語，他可以立即倒背如流，而且早就暗自觀察、細加留意，所以他才會記住張炭那句「大哥二哥三哥」的話。

他對孟空空刮目相看。

孟空空卻已在問他：「我們挾持了張炭兄，顯然是爲了要針對你，你既已發覺和揭破了我們，爲何不問問我們的來意？」

「我爲什麼要問？」王小石笑著反問。

孟空空又是一愣。

「你們要找我，可逕自來我的『愁石齋』，光明正大，無任歡迎，用這種技倆，只是白費心機，我既不會去，又無興趣。」

「這樣又何必要知道你們的來意、什麼人指使你們來的？」王小石笑笑，搔搔頭皮道：「那就這樣，恕不遠送。」說著回身就要走進店子裡去。

他們這樣一鬧，在街上圍觀的人，自然攏了一大群。

習煉天覺得臉上掛不住，大喝道：「姓王的，你給我站住！」

王小石便站住，心平氣和的道：「還有什麼指教？」

唐寶牛忿然道：「你這人，他叫你站住你就站住，你是狗不成？要是我，別人要我停，我硬是走；別人要我走，我就站住。」

「啊！」張炭道：「我明白了。」

唐寶牛奇道：「明白了什麼？」

「你不是狗，果然不是狗；」張炭一副恍然大悟的樣子：「你是頭牛，當真是一頭蠻牛。」

習煉天見這時候這兩人居然還有心情開玩笑，怒極了，嗆然拔刀。

唐寶牛哈哈笑道：「怎麼？你敢當街殺人不成？」

習煉天虎吼道：「我就先殺了你！」虎地一刀，炸出千彩萬幻，如夢網一般罩向唐寶牛。

唐寶牛迎刀而上，揮拳道：「老子好久沒好好打上一架了。」

張炭忽一肘撞開唐寶牛，道：「這一刀厲害，讓我來……」

話還未說完，便給方恨少絆了一腳，方恨少一揚扇子，道：「這一刀你接不下，我可以……」

忽人影一閃，王小石已接下這一刀。

他只接招，沒有傷人。

他不得不出手。

因爲他看得出習煉天這一刀之勢。

——如果方恨少接得下，習煉天恐怕就活不下去了。

——因爲習煉天這一刀，完全是一種「不是你死，就是我亡」的刀法。

故此這一刀莫之能匹。

如夢，若一驚而醒，夢即不存。

封架這一刀，也許不是太難的事，習煉天的「驚夢刀」未免太重花巧，有欠實力，但要化解這一刀而不殺傷他，卻是極難辦到的事。

就像夢一樣，要夢醒而不夢碎，談何容易？

——除非夢就是現實，現實就是夢。

只是人生可以髣髴如夢，現實怎會就是夢？

把夢想當作現實，本身就是一個夢。

王小石挺身去應付這一刀，因爲他自信能憑相思刀的細緻輕柔，或可把夢送走，但不驚擾它；化解這一刀，而不傷害習煉天。

他跟習煉天無仇無怨，何必要殺人傷人？

——何況現在圍觀的人眾多，假若方恨少等殺了人，難免會受官府追究。

王小石當然不希望有這等事情發生。

所以他接下這一刀。

◇◇◇

這一刀一接，王小石也等於接下了所有的麻煩。

習煉天慘叫一聲，仰天而倒，胸口噴出血泉。

彭尖尖叱。

孟空空驚呼：「你這殺人兇手……」

人群盡皆嘩然。

王小石一時間茫然不知所措。

他甚至連刀都忘了收回。

（自己就這麼一刀，卻怎會……）

王小石正想俯身察看，孟空空「唰」地拔出了他的刀，叱道：「你還想加害他！」

王小石正待分辯，忽見一行人排眾而出，都是差役打扮，腰佩鋼刀，手持水火棍，頂插花翎，爲首的一名公差戟指喝道：「呔！你敢當街殺人，來人啊，押他回衙！」

方恨少搶先道：「人都還沒有死，你怎會說他殺人？」

那公差身形瘦小，但樣子長得很精靈淸俊，年紀最輕，但在這一群人中身份卻是最高的，即乜起一隻眼睛，斜盯著方恨少：「你又怎知道他沒有死？」

方恨少亦斜睨一隻眼睛，用眼梢回敬他道：「你也沒有去檢驗過，怎麼知道他死了？」

那年輕公差臉色一沉，突然沉聲叱道：「你們去看看！」身後即有兩名公差吆喝一聲，湊身過去檢查習煉天的傷勢。

年輕公差依然斜盯著方恨少，陰陰森森的道：「你是誰？叫什麼名字？」

方恨少懶洋洋的道：「我爲什麼要告訴你？」

那公差猛喝一聲：「你是什麼東西！大爺在這兒辦公事，剛才在這兒打架鬧事你可也有份！來人啊，先把這兔崽子扣上押走！」

方恨少冷笑一聲，唐寶牛趨身到他身邊，看樣子他們都是準備先打上一場架再說。

「等一等，」王小石忽道：「人是我傷的，架是我打的，你們要弄清楚，我跟你們回衙便是，犯不著旁及無辜。」

「哦？」那公差返身，眼神與王小石對了一招冷鋒：「你肯束手跟我們回衙？」

王小石點了點頭。

「就算我願意跟你回去，」王小石摸摸鼻子說：「有樣東西也不會同意。」

年輕公差眼裡充滿了敵意，手按刀柄道：「我知道了。」

王小石怪有趣的望著他：「你知道什麼？」

公差道：「我知道你要我先問過它。」

王小石斜飛一道眉毛：「它？」

公差道：「不是你的刀，就是你的劍。」

「錯！」王小石截然道，他扒開衣襟：「御賜『免死鐵卷』在此，誰敢動我，先問過它！」

那公差一驚，只看了一眼，慌忙跪下，他的部屬也急急跪下，一時間，滿街的人都跪了下來。

六　進入愁石齋的後果

王小石連忙拉上衣襟，急叫道：「別跪別跪，我是鬧著玩，只嚇狗腿子，不唬老百姓的！」

那公差這才敢站了起來，恨恨地道：「你有皇上御賜的『免死鐵卷』，我自然請不動你。」

方恨少在旁眉飛色舞的插嘴道：「『免死鐵卷』在此，就算是刑總朱胖子親至，也扳不走這塊大石。」

公差心有未甘：「我知道『免死鐵卷』只有五面……」

方恨少猶恐落後，即行接道：「一面是在太后手裡，一面在方小侯爺手裡，另兩面，一是贈予守司空、安遠軍節度使、開府儀同三司、中太一宮使的蔡太師手裡，一在公著平章軍國事諸葛先生手中，還有一面嘛……」

他想到這點，不禁轉過去問王小石：「這一面不是蘇夢枕蘇樓主的嗎？」

王小石道：「是。」

公差冷哼道：「蘇公子肯把比性命還重要的『免死鐵卷』授你，可見他對你推心置腹，難怪你會對他效命，膽敢無法無天！」

王小石哂然道：「我不是莫北神的部隊，也不打傘，我一向頭上都有髮，髮上有天！」

公差嘿笑道：「你傷人致死，還不服罪，這算什麼伏法？」

王小石忽反問道：「誰受傷了？」

公差一愣，用手往地上淌血不止的習煉天一指道：「你沒長眼睛麼？」

只聽一個聲音在人群裡應道：「他？有雙眼睛呀！」卻不知何時，張炭已混到人叢裡，溜近那習煉天躺著的地方，忽然發聲，語音一啓，雙指駢伸，疾插習煉天雙目！

這一下變起突然，孟空空正集中精神面對王小石，彭尖負傷，那一千六扇門中的衙差身手又還不及張炭，要救，已來不及，要阻，更趕不及！

眼看習煉天雙目就要被張炭戳中，突然，習煉天大吼一聲，身子平平升起，一刀如雪，反斬張炭！

張炭大叫，挪身後退，邊道：「這就對了！大家看見了！」習煉天這下奮身出刀，公差臉色就有點掛不住了。

王小石道：「看來，他傷得好像也不怎麼樣吧？」

公差仍沉住臉色，道：「不管傷得要不要命，當街打架傷人就是不對！」

王小石道：「剛才動手的豈止我一個？那何不把他們也扣押回去？」

公差嘿地一笑道：「你怎麼知道我不拘拿他們？我原想先扣了你，他們便一個也走不脫。」

王小石忽然笑問道：「你叫什麼名字？」

公差道：「我姓龍。」

王小石眉毛一軒，道：「你是龍吹吹？」

公差眉宇間，也掩抑不住一股喜色道：「賤名未敢聞雅聽。」

王小石肅然道：「四大名捕，名震天下，小四大名捕，也大名鼎鼎，郭傷熊、酈速遲、舒自繡、龍吹吹，是新崛起的名捕，而又以閣下最爲年輕出眾。」

那青年公差道：「或許就是因爲這個緣故吧！我到現在都還沒死。」語音裡已禁不住有了些得意。「小四大名捕」郭、酈、舒、龍合稱「小四大」，但郭傷熊在「大陣仗」一案中殉職，酈速遲死在「連雲寨」的穆鳩平手裡，舒自繡在「逆水寒」一役裡身亡。

「小四大名捕」，就只剩下了他一個，難怪王小石提起來的時候，他臉有得色。

「生死的事，與能力有關，年齡反而不是那麼重要，不然的話，真正的『四大名捕』，豈不要死了幾十年了？」王小石調侃似地道：「也許，生死成敗，跟運氣倒還有密切的關係。」

王小石語音一整，忽問：「就算你是小四大名捕，難道便可以漠視『免死鐵卷』？」

龍吹吹一跺腳，恨聲道：「我們走！」

一行人大聲應和，不甘不願的退去，看來，他們今天又不知要找多少無辜的老百姓來出氣了。

王小石微微地嘆了一口氣，向著人群說：「你們都已經來了，何不一齊現身呢？」

孟空空笑道：「果然瞞不過你。」

王小石道：「你們明來暗至，軟硬兼施，無非是要我跟你們去一趟而已。」

孟空空的身後，已出現了五個人。

這五個人一出現，人群便開始散去。

而且很快的便走得一乾二淨。

原因很簡單：在這五個人沒出現之前，人們都是來看熱鬧的。

這兒有毆鬥打架，通常，打架毆鬥被一般人認爲是「熱鬧」。

人們都喜歡看「熱鬧」。

可是這五個人一旦出現，就變得無熱鬧可看。

只剩下了殺氣。

通常只有殺人的高手才能感覺到對方的殺氣。

武功越高，殺氣越重。

不過武功高到了一個地步，反而又變得沒有了殺氣。

只是這五個人的殺氣，就連開封府裡沒有練過武功，甚或是一生未與人打鬥過的民眾，都可以感覺得出來：

——裂膚、割體、劈面、刺骨、入心、入肺的殺氣，用一把無形的刀，已伸入他們的喉嚨。

他們只有快快退開，免得讓家人哭號在自己的血泊中。

孟空空還是很謙和的說：「既然如此，你明知非走一趟不可，何不就跟我們走一趟算了？」

「其實你們有什麼事，只要先來告訴我一聲，沒有什麼我不奉陪的，」王小石道：「可我就是不喜歡你們用這種方式：先挾持我的朋友，後出動公差，到頭來還得兵刃相見。」

習煉天詐死一事被拆穿，早想動手，當下道：「我們好好地請你，你不去，這叫敬酒不吃吃罰酒，可怪不得我們！」

王小石笑道：「對，如果我給你們當街殺了，也怪不了你們，誰叫我不跟官差去衙門一趟，他們可沒動『免死鐵卷』，而我只是在私毆中被人砍死，這跟官方無關、官差無罪，我要是死在你們手上，只能怨天、怨地、怨太陽月亮，就是怨不得你們。」

孟空空笑了：「你說的對，真是聰明。」

王小石笑問：「萬一我殺了你們呢？」

習煉天大笑道：「你殺得了？」他現在可膽豪氣壯：「京城裡八大刀王齊至，你殺得了？」

王小石斂容，手按佩劍上的彎刀，沉聲道：「正要領教。」這句話一出，那五名刀手，一起拔刀。

習煉天搶先出刀。

他的刀一直在手。

他知道他一旦出手，身後的五大刀手一定會及時支援他的。

孟空空也拔刀。

要他們八人同時拔刀的事，已經不太多，要他們八人同時拔刀只爲了一個人，已經成了神話。

可是，今天在「愁石齋」前，就是八刀齊出，只攻向一個目標：

一個人——

王小石！

◇◇◇

後來趕至的五名刀手，名頭只在習煉天之上。

其中一個，姓苗，他手裡的刀，像一把廢鐵，銹蝕斑剝，刀口鈍崩，但從來沒有人膽敢看輕這個人，以及他手上的刀。

他的刀看來不出色，他的人長相也不好看。

但刀不是用來看的。

他最著名的一刀，就叫做「八方藏刀式」，這一刀之威，據說曾憑這一刀擊敗當年天下第一劍，逼使他自殺當堂，何況他就是姓苗。

苗八方的刀名震八方，但另一名刀客蔡小頭，卻自小蟄居旄牛崛，練刀自成，在方應看把他發崛出來之前，從未離開過那小市鎮半步。

可是苗八方卻不敢用他戰無不克的「藏龍刀」挑戰蔡小頭小小的一把「伶仃刀」。

除了蕭煞。

只是信陽蕭煞的「大開天」、「小闢地」刀法，才能夠剋制蔡小頭小小伶仃的刀法。

蕭煞的刀法，不僅是好，不只是可怕，更不單是厲害——而且肅殺！

他的刀一擊必殺，一擊殺不了，再擊也必殺！

蕭白的刀法剛好相反。

襄陽蕭白是蕭煞的兄長。

兩兄弟的刀法無一接近，但各自成家。蕭白的成名刀法，就叫做「七十一家親」刀法。這名字很溫和，溫和得有點不似刀法的命名。

可是這套刀法的可怕處，就在它的溫和。

——它可以溫和地奪走了你的性命、砍下了你的首級，還可以仍讓你沒發覺是怎麼一回事。

不過，蔡小頭、苗八方、蕭煞、蕭白，全都對兩個刀法名家十分服膺。

一個自然是孟空空。

另外一個是兆蘭容。

兆蘭容是個女子。

她創的一套刀法，叫做「陣雨廿八」。

據說她創了這套刀法之後，三年來，江湖上已沒有人敢再創任何刀法。

因為已不必要。

——人人都說，「女刀王」兆蘭容已把刀法推至極致，引到盡頭。

現在，苗家刀法的後裔苗八方、獨門伶仃刀的蔡小頭、刀法一剛一柔的蕭氏兄弟、習家莊碎夢刀的傳人習煉天、五虎彭門的好手彭尖，還有兆蘭容、「相見寶刀」一脈的孟空空，全集中在一起，八把刀，刀刀都要取王小石的命！

——王小石究竟有幾條性命，才能抵得住這些每一把都足以名動江湖、難惹而要命的刀？

◇◇◇◇◇◇

王小石也有刀。

相思的刀。

相思的刀，使出相思的刀法。

王小石學成相思刀也有一段因緣奇遇。

他的刀法當然是天衣居士教他的，但也可以說完全不是。爲什麼會有這樣的說法呢？

原因有兩個。

一是因爲天衣居士傳授武功，不是著重在教，而是注重在導；他不是要弟子亦步亦趨，而是在啓迪啓蒙。

二是因爲王小石的天資，他凡學一樣東西，皆能集中精神，專心一致，在很快的時間內紮好根基，然後即有所悟；如果不能首創一格，自具特色，他情願到此爲止，把這學識轉代為他的基礎之一，又去學別的事物。有這樣智慧的師父，還有這樣聰明的弟子，王小石的武功，自然青出於藍，這點並不出奇，因為天衣居士的武功本來就不算太過高強。

天衣居士跟諸葛先生、懶殘大師、元十三限，本來就是「老四大名捕」，後來各有際遇，各分東西。

懶殘大師是大師兄，未出家前名為葉哀禪，後因犯重罪，度牒出家，也心如止水，看破紅塵，遁跡山林，成了一代奇僧。

天衣居士是二師兄，醫卜星相、琴棋書畫、奇門遁甲、詩詞歌賦，無不精通，他的戰陣兵法，尤在三師弟諸葛先生之上，武功理論，連懶殘大師恐亦為之望塵莫及，可惜，天衣居士本身卻因天資有限，根基薄弱，瘦小多病，故難以在武功上有絕高的修為。

這一點，也就遠遜諸葛先生，天衣居士本性淡薄，故亦遁跡江湖，盡心盡力的把自己的幾門獨到技藝，傳於有心人。

諸葛先生則與四師弟元十三限對立。諸葛先生輔政，跟宰相蔡京意見不合，蔡京遂起用元十三限制之。於是一場朝廷的鬥爭延展到武林中來。惟諸葛先生一向以「執兩用中」，既肅奸孽，又護賢臣，清苦鯁亮，但對新舊二黨，均不討好，蔡京在京畿道中輔郡，每郡以兩制一人知州事，屯兵各二萬人，兵權歸己，諸葛先生處處受制，他的四名入室弟子，即「四大名捕」，只能在重重危艱中圖振法紀，爲振國事，局勢相當困逼，這暫且按下不表。王小石來京城之後，既未見過諸葛先生，也沒有拜會過元十三限，這些人在他而言，都是傳說中的人物。

然而他現在也成了傳說裡的人物。

天衣居士教他「相思刀法」，他練得別出心裁，別有機趣，天衣居士曾對他這樣半嘉許、半打趣的說：「我這是『小相思刀』，你這才是『大相思刀』。」

王小石也鬧著玩的問：「怎麼相思都有大小之分？」

「有，」天衣居士微笑著回答道：「小相思只是個人的情愫，在個人心裡，一悲一喜一得一失，已是天翻地覆的事兒；但人世間的悲歡離合，才是真正的大相思，足可以昇華成藝術。」

王小石練的正是這種刀法——他這種刀法，現今正面對這八名刀中高手，還能否制勝剋敵？

這「八大刀王」，是小侯爺方應看最貼身的八名護衛，連元十三限也說過：「八刀聯手，不逢敵手。」

——王小石的刀，能敵得住嗎？

——一把刀，能不能敵住八柄刀？

——能否抵禦八柄名動江湖的刀？

◇◇◇◇◇◇

答案是：不知道。

因爲王小石並沒有出刀。

他出的是劍。

他出劍前，先退。

疾退。

八柄刀急追。

他們的刀已砍出，勢已如排山倒海，一發不可收拾，也不能收拾。

他們只有追擊。

（刀已出手，非得把敵手砍殺於刀下不可！）

他們都沒想到王小石敢以一刀拚八刀。

他們也沒有想到王小石拔劍而非拔刀。

他們更沒有想到拔劍之後的王小石會不戰而退。

一退，就退入「愁石齋」的門內。

他們絕對沒有想到的是：追擊闖入「愁石齋」的後果。

七　士不可不弘毅

方應看手下，有十三名近身侍衛。

「八大刀王」原是方應看之義父方巨俠所收服的高手。方巨俠歷煉有成，是傳說中的武林第一高手。

當時蔡京任相，得到皇帝趙佶寵信，立黨人碑於京城端禮門，把舊黨重要分子一百二十人刻名其上，臚列罪狀，謂之「奸黨」，並主張起兵，攻打西夏，投趙佶所好，赴民間採辦奇花異石，奢風大熾，民不聊生。蔡京派大將童貫討之，強加鎮壓，致使懷怨更甚。

時摩尼教餘孽方臘起兵於睦州，與朝中舊黨暗通，派出三名殺手，謀刺徽宗，這三名殺手分別謀刺徽宗，但均為方巨俠和諸葛先生所阻。

諸葛先生的職掌是與君主講論治道、衡鑑人才，對刑案疑讞，有封駁之權，平章軍國事一職，雖可過問政事，但實權卻為蔡京一黨架空。諸葛先生先平楚相玉京師內之叛，並力擒殺手蕭劍僧，感化後收為義子。方巨俠認為殺皇帝不足以廓清大局，徒增危機，並絕不同意武林中人插手朝政，故在千鈞一髮間，截殺了長孫飛虹，救了徽宗一命。

徽宗感其救命之恩，要冊封方巨俠為王侯，方巨俠無心戀棧權名，與妻飄然而去，行吟於山水之間，臨行前只直言告誡徽宗，若一任奢靡下去，國事如江河之瀉，追挽莫及。

反而方巨俠之義子方應看仍留在京城，武藝文才均十分出色，蔡京早有意思招攬，故向徽宗進言，將此一切封賜，都落到方應看身上。當然，徽宗也有意借方應看之力，保護京畿，尤其是對付剩下的那一名殺手。

這一名殺手兩度為諸葛先生所敗、方巨俠所傷，但都能逃逸，仍潛伏暗處，非殺徽宗而不心甘。

方巨俠離京後，留下來的「八大刀王四指掌」，自都歸方應看僕從。這「八大刀王」聯手，連方巨俠都說過：「如果他們八人同心協力，聯手應敵，我恐亦未可取勝。」

這就是方巨俠「至高的推崇」。

此刻這八大刀王，就是一齊向王小石出手、出刀、下殺手！

王小石怎麼應付？

◇◇◇ ◇◇◇

王小石退入「愁石齋」。

八大刀王，刀陣一成，必可殺敵。

——問題是：刀陣未成。

刀陣尚未形成，王小石已退入愁石齋中。

愁石齋當然不是只有一道門，可是，在此情此境，沒有人會繞道自後門或側門攻進來的。

就算這樣攻入，時機已失，而且力量分散。

他們的刀勢已發，身不由己，只有跟著衝進來。

當然，不是八個人一齊進來。

門口太狹，充其量也不過是容二人並進。

他們不是不能把門口震毀，坍開一個大洞，讓八人同時衝入，而是若把這八刀聯手之力去毀一棟牆，對方在此時反擊，他們便不易應付。

氣不可洩。

一鼓作氣。

他們只有先行攻入再說，絕不容王小石有喘息餘地。

他們幾乎在刹那間形成一個新的陣勢。

兩人一組，先行攻進。

只要兩人攻得王小石一招，餘人便都可闖進來，再結成刀陣。

這是未交手間的一刹那。

這刹那間卻已決定交手的勝負成敗。

「八大刀王」的陣勢，發動得慢了一點，這一線之差乃因爲彭尖受傷在先。

另外就是王小石不戰先退，他們只好分批攻入愁石齋。

分批，即是把力量分散。

王小石的劍就在來敵並肩過門的刹那，發動了最要命的攻擊。

苗八方和蔡小頭是第一批攻進來的人。

苗八方的刀立時被震飛出去。

蔡小頭虎口被刺中一劍，刀也落地。

第二批衝進來的人是兆蘭容和孟空空。

他倆比苗、蔡二人只不過是慢了一瞬間。

一瞬間就是眨眼功夫。

但苗八方和蔡小頭手上已沒有刀。

對八大刀王而言，沒有了刀，就等於失去了戰鬥力。

王小石沒有馬上出手。

孟空空和兆蘭容也沒有動手。

他們衝進來，呆了一呆，兆蘭容即道：「唉！我們敗了。」

她一眼便看出來，打下去已沒有必要。

一個人在得勝時謙遜並不出奇，但在失敗時仍勇於承擔、毫不氣餒才是奇；所以說，觀察一個人的將來成就，留意他失意時的氣態。

輸得起，說容易，但縱使江湖好漢也看不開、放不下。

兆蘭容是個女子。

她一刀未發，便承認了失敗。

說完便行了出去。

孟空空只有攤攤手，向王小石笑笑。

王小石也對他笑笑。

孟空空過去拾起苗八方和蔡小頭的刀，三人行了出去。

這時，一陣輕微的掌聲自王小石背後響起：「刀法好，劍法更好，刀法劍法，都莫如兵法好。」

王小石也不驚奇，只緩緩的轉身道：「刀法劍法兵法，都不如你來的好。」

對方溫和地笑道：「說的好。」

◇◇◇

「愁石齋」不知何時，已有七個人在書畫間。

七個不凡的人。

字。

當中一個，意態優雅出群，面如冠玉，手裡拿了王小石的毛筆，正在蘸墨寫

就是他跟王小石說話。

但卻不是他拍的掌。

拍手的是另外一人。

這人說話，另一人負責拍手。

看來這人穿得也不怎麼特別奢華，可是他身份尊貴得彷彿就算他死，也會有人替代。

替他拍手的人端坐在一旁，紫膛國字臉，五綹長髯，不怒而威。

這種人無論在哪個地方一坐，那兒就會變成了莊嚴的議堂。

可是這人臉上的神情，對說話的人十分恭敬。

說話的人年紀已有一大把了。

他眼神閃爍靈活，笑起來可以是威嚴亦可以是慈藹，竟然還帶了點俏皮和奸險，誰也猜不透他的年紀。

王小石看了看他的字，只看一眼，便道：「可惜。」

那人一抬眼，有力地一笑道：「字不好？」

王小石道：「好書，非法。」

那人一愣，趣味盎然：「你的意思是說我的字不合法度？」

王小石道：「非也。自古以來，爲典則所約制不如無典則，技法到高明時，根本就沒有技法可尋。真正的技法典則，是自己發現和創造的，如果不是從自己經驗中得來，那只不過是一種束縛和障礙。」

那人點首道：「東坡居士說過：詩不求工，字不求奇，天真爛漫是吾師。『天真爛漫』四字，便是直逼自己、始能見之的事。那才是屬於自己的典則，真正的典則。可是你又爲何說這好字而非法？」

王小石道：「你這幅字聯綿纏繞，如死蛇掛樹，醜極了。」

那人愈覺得有趣，於是又問道：「既然足下觀之，如此之醜，爲何又說是好書？」

王小石道：「遠看如行行春蚓，近視如字字秋蛇，醜到極處便是美到極處，非大功力者莫能爲之。」

那人瞇起眼笑道：「奇石必醜，醜方爲奇，既然是醜中見美，足下爲何又說不合法度？」

王小石道：「因爲這不是你的筆法。」

那人道：「你怎麼知道這不是我慣用的技法？」眼裡已有敬佩之色。

王小石指著那紙上的字道：「你寫下十六個字：『載行載止，空碧悠悠；神出古異，澹不可收』，唯寫到『不可』時，二字一氣呵成，忍不住流露出你原來閒遠清潤的筆意，如獨釣寒江雪的孤寞，所以取鋒僻易，顯然非你所長。」

那人「哦」了一聲，眼神裡的敬意已漸轉爲驚意。

王小石緩緩地道：「能寫得這樣一手好字，還活著而又身在這城裡的人，實在不能算多……」

然後他望著那人，一字一句的道：「蔡太師，你既然以這種方式光臨寒舍，就恕在下不行拜見之禮了。」

◇◇◇

——這個突然出現在「愁石齋」裡即興寫了幾個字的人，竟然就是當今朝廷裡最有權力的人——蔡京！

也就是這幾個全不用他一慣筆法的字，仍是給王小石一眼認得出來：來人就是蔡京！

蔡京語音裡流露出讚賞之意：「人說『金風細雨樓』能把『六分半堂』打得全無還手之力，得力於兩大人才，今天一見，閣下果然是一代奇才！」

王小石道：「會看字辨畫，不算什麼人才。黃襄勒字、沈遼排字、黃庭堅描字、蘇軾畫字、米芾變字，這才是奇，這才是才。」

王小石所列名家，故意沒有把位居宰相之上的三省事太師蔡京和皇帝趙佶算在內，蔡京似不以爲忤，一笑道：「還有沒有？」

「有，」王小石正色道：「如有人能把爲國爲民、忠勇熱誠的生命力注入書法裡，他的字，有血性，一如顏真卿奇縱高古之筆，勾勒出他對家國之禍的悲愴沉痛，剛毅正直的個性直逼人心，這才是不可多得的好字。」

王小石說得已十分露骨，蔡京撫髯，微微笑道：「你聽過這首詞嗎？」

王小石知蔡京必有所指，只說：「願聞其詳。」

蔡京悠遊地吟道：「老來可喜，是歷遍人間，諳知物外，看透虛空，將恨海愁山，一時挼碎，免被花迷，不爲酒困，到處惺惺地，飽來覓睡，睡起逢場作戲。休說古往今來，乃翁心底，沒許多般事，也不修仙，不侫佛，不學棲棲孔子，懶共賢爭，從教他笑，如此只如此，雜劇打了，戲衫脫與獃底！」

吟罷，蔡京道：「世事浮雲春夢，何必認真執著至無可自在？米芾曾說過他自己的書法，耍之皆一戲，不當問拙工，意足我自足，放筆賞戲空。人生在世，何必這般營營擾擾，得歡樂時且歡樂，不收緊些，當放鬆些，豈不是好？」

王小石一笑，走過去。

蔡京身邊有四個人。

這四個人都是站著的。

他們一見王小石走近來，也沒什麼舉措，王小石忽然覺得這好像是銅牆鐵壁。比「八大刀王」聯手更可怕的殺意。

如果他一定要過去，只有撞過去。

——這一撞，究竟是牆坍？還是人亡？

這時候，蔡京卻微微頷了頷首。

那道「無形的牆」，立即似消散於無形。

王小石仍舊前行，到了蔡京身前，取筆、蘸墨、在紙上寫下六個大字，迅疾驚人，然後擲筆、退後。

「士不可不弘毅！」蔡京失聲唸道：「好字！妙字！奇字！下筆如風，字才形成，已被否卻，方否決時，又生一字，旋生旋滅，旋說旋歸，前念後念，即生即滅，唯合一起看，又神定氣足，如天道人心，冷然清約處自見駭目驚心！這樣並舉並得的字，世間少有，可惜……」

他冷然望向王小石：「字已趨化境，人卻看不透破，像把好字寫冥紙。」

王小石淡然道：「若真的看破，太師不妨說放就放，先把自身權位放開，再來勸誡在下。」

那紫膛臉的人聽到此處，忍不住大喝一聲：「大膽！」

王小石傲然說：「得罪得罪。」

紫膛臉的人虎虎生風的道：「你可知道你剛才的話，足可治你何罪？」

王小石道：「太師能寫出這等奇逸之筆，晚生才敢磊落直言。」

蔡京目光閃動，頰邊法令紋深鐫浮露。

好一會他才道：「你可知道這位是誰？」

王小石知道不但紫膛臉人來頭不小，連同那四個站著的人，恐怕也非同小可，他更注意的是：一個站在蔡京身後、恰巧就在暗處的人。

這人高高瘦瘦，背上有一個老舊灰黃的包袱，不注意看，還以為那只是暗處，不容易察覺真的有這樣一個人存在。

他眼裡觀察，心裡有數，手下防備，口裡卻問：「正要請教。」

蔡京笑了：「你實在很有面子。他就是當今宰相，傅宗書閣下，還不趕快拜見。」

王小石暗吸一口氣，知道眼前連丞相傅宗書也來了，口裡說道：「兩位大人，有失遠迎。」

他口氣冷淡，直比桌上那一杯冷卻了的清茶還甚！

八　誰是大害？

傅宗書冷然道：「王小石，你好大的架子！」

王小石淡然一笑道：「有人賞臉才有臉，架子大不大則因人而異。」

傅宗書嘿聲道：「難道我和蔡太師都請不動你？」

「那倒不然，」王小石道：「你們先以刀手威脅我朋友，我以為是些狗強盜，然後又誣栽我殺人，我以為是欺壓良善的惡役，我怎知道原來是二位大人的主意？」

傅宗書怒得雙眉戟立：「你……」忽又咳了一聲，沉住氣道：「好，不知者不罪。你知不知道我們今天為什麼來找你？」

王小石看看傅宗書，見他強把怒忿壓下，心頭也難免掠過一陣驚慄，道：「煩請大人賜告。」

傅宗書「嗯」了一聲，撫髯走了幾步，霍然轉身，叱道：「王小石，按照你的罪行，我若要拿你治罪，恐怕你有兩百顆腦袋都不夠砍！」

王小石道：「不夠砍，可以抓一百九十九個無辜良民湊夠。」

傅宗書道：「你這話是什麼意思？」

王小石道：「沒有別的意思，只不過不知道小民身犯何罪？」

傅宗書道：「你勾結匪黨。」

王小石心頭一凜：「匪黨？」

傅宗書道：「『金風細雨樓』是亂黨，你是他們的三當家，不是匪首是什麼？你還不知罪？」

王小石明知「金風細雨樓」實得朝廷默許，才可以在天子腳下經風歷雨屹立不倒的，不過這是暗地款通掛鉤，可沒有明令下來，這些人若要追究查辦，局面一旦鬧了開來，便大事不妙，王小石可不想牽累樓子裡的一眾兄弟，忙道：「我要是有過錯，那是我的事，我在半年前已離開『金風細雨樓』，一直就獨行獨往，要是犯了什麼事，都與『金風細雨樓』無關，尙祈大人明察。」

傅宗書見這招奏效，語氣下得更重：「你真的已脫離了『金風細雨樓』？」

王小石深知此時應以大局爲重，道：「我跟『金風細雨樓』一直都扯不上什麼關係，蘇大哥雖然看重我，但我並沒有成爲樓裡的一份子。」

「嗯！」傅宗書這才有點滿意，望向蔡京，「太師看呢？」

蔡京也唔了一聲，向王小石道：「王小石，現今可不比從前了。」

王小石道：「莫測高深，願聞其詳。」

「告訴你也無妨。以往京師大局，除禁軍之外，仍需道上勢力以穩定大局，而今太師請准於京畿四面置四輔，各屯馬步軍共二萬人，積貯糧草每州五百萬，且請鑄當十錢，並更鹽鈔茶法，利民固國。今非昔比，你們這干亡命之徒，勿論『迷天七聖』、還是『金風細雨樓』、抑或是『六分半堂』，對保衛京畿、監察民變已起不了作用；」傅宗書峻然道：「你們這些亂黨，成事不足、敗事有餘，既不聽話，又不像話，國法不容，留著何用！」

王小石已經明白過來了。「當日幫會還有用的時候，怎不見朝廷說國法不容？」

傅宗書臉色一沉，王小石發現眼前這個人，像一張巨大的大理石桌，又似一座檀木蟠龍椅，比王小石還要高上一個頭，如果他不是在身形上也有這樣的厚度，就決難顯出他的持重威嚴，一如泰山嶽立，在他如黑豹般結實的臉頰上，長著五綹十分剛勁的長髯，巧妙地遮掩如一塊腥肉的嘴唇，一張帝王式的大頭，鐵截筒一般的鼻子，卻有一雙蜥蜴般死色的眼珠。

這對眼睛平時令人不感覺到它的存在，一旦暴睜，所綻射的厲芒，卻令人心神一震，饒是王小石，也有往後退去的打算，竟直比八大刀王聯手一擊的威力還甚。

只聽傅宗書道：「這叫此一時、彼一時也。」

王小石反問：「那麼，你們已下定決心剷除京城裡的幫會？」

傅宗書道：「令是人下的。」

王小石道：「這是什麼意思？」

傅宗書道：「令是蔡太師下的。」

王小石道：「那麼蔡太師的意思是？」

蔡京平和地笑道：「我要看你的意思。」

王小石心裡打了一個突，打量眼前這個名動天下的人。蔡京難分年齡，說他四十來歲既可，說他年近六十亦可。他保養得如此之好，雅潔如婦人。偶爾在笑容裡流露出驕矜的殘忍，以及放縱的奢豪，但又因教養使他不露於形色，就算殘虐也無所不用其極。這樣的一個人，朝中至少有兩萬名高官得要匍伏在他腳下，江湖上至少有四萬人非要煎其肉剝其皮拆其骨甘之若飴而不甘心。

「我完全不明白太師的意思。」

「我的意思很簡單：現在兵禍連起，金遼寇境，內亂叢生，我們不能不先解決心腹之患，除非，我們能肯定某個幫會的確忠心耿耿，效忠朝廷，我們才能打算收編招安，成爲正規軍伍，這樣一來，你們非但妻榮子祿，名正言順，富貴榮華，亦當享用不盡。」

「招安？」

「不錯。」

「太師的字寫得玉樹臨風，誠然大家風範。」

蔡京見這人忽顧左右而言他，一愣道：「怎麼？」

王小石忽道：「如果有人強按住太師的手寫字又會怎麼樣？」

蔡京已有點明白他的用意：「當然寫不好了。」

「這樣豈不是不寫更好？」王小石說：「正如熱衷功名的人，何不直接考取科第，升官發財去？既然身在江湖，又要諸多掣肘，不如散了還好。」

蔡京微微笑道：「說的也是，只不過……」

王小石知道他有話要說，而且還是關鍵性的話，今兒個既然這些人都來了，他就非得要聽個仔細不可，至少，如果還可以活出「愁石齋」，即可通知蘇夢枕早作打算，「只不過什麼？」

「相見容易別時難，」蔡京道：「有時候，聚時容易分手難。」

在一旁的傅宗書接下去道：「本來是亂黨，怎可說從良就從良！」

王小石知道事無善了：「那麼，朝廷是要追究定了？」

傅宗書向蔡京瞥了一眼：「除非蔡太師有心保存、另有決議，你知道，太師在朝廷裡的影響力，天下無人能出其右！」

王小石暗吸了一口氣：「還請太師成全江湖好漢，多美言幾句。」

蔡京微微的皺眉道：「唉呀！我就是不知道，這些人是不是可以管得住？你知道，我也不想爲了這道上的事兒，教人詬病啊！」

王小石道：「卻不知太師要什麼樣兒的保證？」

蔡京道：「其實只要爲民除害，就可證清白了。」

王小石奇道：「除害？」

「對，」蔡京的眼睛又發出一種奢豪的銳芒：「除一大害。」

「這是什麼害？」王小石緊接著問：「我爲什麼要除掉他？」

「這個人欺上瞞下，隻手遮天，懷姦植黨，鎮壓良民，他武功高，足以挾天子以令諸侯。他口才好，足令人爲他兩肋插刀在所不辭；他人奸險，驕横不法，空疏矯僞，人以爲他大忠大義，其實他顛倒是非，有他在的一日，自然朝政日非，一切興革，無從著手，更遑論履行紹述遺志了！」蔡京憂憤的道：「這樣的人，你說該不該殺？」

王小石脫口道：「人人得而誅之！」

蔡京臉色一整，誠摯地道：「此人厲害，非君難取其首級！」

「好！」王小石爽快地道：「那麼，誰是大害？」

「當然是諸葛。」

「諸葛？」

「諸葛小花。」

「諸葛先生？」

「當然是他了，」蔡京悠然地道：「如果不是他，還有誰？」

◇◇◇

王小石幾乎整個人都跳了起來。

「諸葛先生？」

「正是諸葛先生。」

「爲什麼要殺他？」

「因爲他假仁假義，誤國害政。王安石的新法不能推行，便是因之大力阻撓，罷斥新黨；他好大喜功，強攻燕京，招怨金人，才致內憂外患。他又以四大名捕為其爪牙，擅自鞫訊，誣陷忠良，侵漁百姓，矯旨受賂，不附者均盡斥去，納賄攀附者無不以超升，這等氣焰，如此大害，怎可不除？」

「爲什麼要我殺他？」

「因爲你武功高。」

「那是誤傳。」

「剛才我叫八大刀王一試，名不虛傳。」

「比我武功好的人多的是。」

「你很聰明，又能隨機應變。」

「反應比我快的人也不少，太師手上就有的是能人。」王小石誠摯的說。

「你工於書畫醫藝，容易接近諸葛先生。」

「只怕四大名捕那關也未必可以通過。」

「可以。」

「怎麼說？」

「一定可以。」

「爲什麼？」

「因為你是天衣居士的門人；」蔡京悠然道：「以天衣居士和諸葛先生的交誼，諸葛先生一定不會防備你，而且接近你……」

「……所以只有你才是最適合的人選；只有你方可以殺諸葛先生。」

「我可不可以不殺？」王小石小心翼翼的問。

「為民除害的事，俠義者所當為。」

「諸葛先生可不是容易殺的。」

「要是容易，我們也不會叫你，甚至親自來請動你了。」蔡京說得好像有些疲乏了，可是還是很耐心，但誰都看得出他要馬上知道一個結果了：「『金風細雨樓』建立得也不容易，蘇夢枕待你一向都不薄，你也不忍心見它毀於一旦吧？」

「我是非殺諸葛不可了？」王小石仍是問。

傅宗書截道：「他不死，你死。」

蔡京只道：「諸葛不死，國無寧日。」

王小石沉思，然後道：「給我一些時間，讓我想想。」

「不行，」傅宗書斷然道：「這是機密，不能外洩，要在此地解決，而且必須馬上進行。」

王小石詫道：「現在就要答覆？」

傅宗書點頭。

王小石長嘆一聲道：「看來，不管我求富貴功名，還是求生保命，都非得要殺諸葛先生不可了。」

傅宗書眼裡露出喜色：「你答應了？」

蔡京也笑了：「好。你需要什麼條件？要些什麼支助？儘說無妨。」

王小石沉吟道：「我在想……」

傅宗書瞿然道：「想什麼？」

王小石囁嚅地道：「我想試一試……」

傅宗書追問道：「想試什麼？」

王小石突然發動。

他直掠蔡京。

直取蔡京。

◇◇◇◇◇

王小石的武功有多高？

——有人曾經這樣問過蘇夢枕。

「王小石到京師以來，遇過幾次重要和重大的戰役，但他都未曾全力出過手，事情就解決了；」蘇夢枕說：「而我卻已重傷過三次，你說他武功有多高？」

蘇夢枕這番話無疑是有點貶低自己，抬高王小石。

但他說的也是事實。

王小石的武功到底有多高？在京城裡、江湖上、武林中，已成了津津樂道的疑問，人們好奇的重心。

◇◇◇

不管王小石武功有多高，以他現在的出手看來，要比他擊飛蔡小頭和苗八方手中刀連同挫敗八大刀王的那一劍，還要高明得多。

他的目標是蔡京。

要攻取蔡京，就得要經過四個人。

——四個怎麼樣的人？

只見一個書生打扮的裝束，但樣子卻像個白天殺豬、下午趕牛、晚上抱女人喝酒賭身家的老粗。

一個披頭散髮，髮上居然還戴了朵花，衣衫不整，目露狂放之色，偏偏神態又是十分的恭謹。

一個又高又瘦，環臂當胸，傲岸而立，看他的樣子，就像是鐵鑄的，而且，渾身上下，決找不到縱是指甲大小的一塊贅肉。

一個人，不高不矮，戴著個面譜，不畫眼睛鼻子，只畫了一幅意境奇絕的山水！

王小石一動，這四人就動了。

這四人身形甫動，王小石的攻勢就立即變了。

變得攻向這四個人。

——這四個到底是甚麼樣的人？

——爲何王小石原來的目標倒不在蔡京，而是在這四個人？

九　必殺諸葛

王小石一刀飛砍。

他的刀如深深的恨，淺淺的夢，又似歲月的淚痕。

刀取書生，刀光如驚艷般亮起，如流星自長空劃過。

書生笑了：「你找上我，是你不夠運！」

儒士打扮，老粗眉目，竟是女子的聲音！

書生突然衝上前來。

就在刀光裡衝上前來。

他雙手已突破刀網，抓住王小石雙肩。

就在王小石的刀把他頭顱削下來之前，他已把王小石摔了出去。

就像甩一口大布袋似的，十分用力。

王小石整個人被摔得飛向牆壁。

看這飛摔的勁度，王小石只怕得要被摔成肉醬不可。

就在他身子快要接觸牆壁的刹那，王小石突然巧妙地將足尖一點，竟把那強大的摔勢一折，以更凌厲的速度掠了回來。

這次他撲向那披髮戴花的人。

他拔劍。

這一劍帶著三分驚艷、三分瀟灑、三分惆悵與一分的不可一世。

這一劍分明要在不可一世中擷下了披髮戴花者的頭顱！

◇◇◇

披髮戴花的人暴喝了一聲：「呔！」

他反手拔劍。

劍光一出，金燦奪目，由於太過眩眼，誰也看不清楚他手中劍的形狀，甚至難以辨別究竟是長是短、是銳是鈍。

兩人連駁五劍。王小石人在半空。披髮戴花者腳踏實地。

五劍一過，那人忽叱：「咄！」劍身上原本鑲著五粒墨星，忽有三粒，脫劍而出，飛射王小石！

王小石大吃一驚，一面疾退，一面封架！

三星不中，卻又神奇地飛回金劍上。

王小石猛然大旋身，刀劍齊出，竟攻向那環臂當胸而立的漢子！

王小石出刀攻那書生，幾乎還吃了點虧；他緊接著攻那披髮戴花的人，也沒討著了好，可是，他再攻向這環臂抱立的漢子，面對這種一等一的高手，他似捅了馬蜂窩再去搗毒蛇洞一般，敢情是活不耐煩了！

那環臂抱立的鐵漢一直不動。

不聲不響，不慌不忙。

眼看刀劍攻到，突然作出反擊。

這反擊委實不可思議。

他沒有兵器。

他的雙拳反擊刀劍，彷彿王小石的刀是花，劍是葉，他的雙拳才是剪刀，一施展就足以擷葉飛花一般。

王小石沒有硬拚。

他驟然把攻勢一收，身子霍然到了第四個面譜人的身前。可是他還沒有發動攻勢，對方已向他連環踢出七腳。

王小石險險避過這七腳，但又十五腳近乎排山倒海的壓了過來。

王小石完全沒有還手的餘地。他躍上了桌子，一會兒躍了下來，又跳上了椅子，不一會又跳了下來，他繞著桌子打轉，雙手急旋著大袖，但仍脫不了這人的追擊。

原本站在蔡京背後的人，已護在蔡京身前，蔡京則退到一幅草書長卷的前頭。

王小石躲開三十七腿，忽聽蔡京背後的人森寒地道：「退下。」

那戴臉譜的人一呆，但在刹那間已回到原來的位置上。

蔡京笑道：「好個『不師古法』四字，『不』以虛寫，能清浮紙上。『師』以實寫，能力透紙背。『古』以神寫，如憑虛御風。『法』以妙寫，如行地者之絕跡。四字四寫，各得天趣，各自爲政，但又渾成一體，不可分割，果然是不師古法！」

王小石不知何時，手上已沒了刀劍，換了紙筆，只道：「過獎，過獎，只是乍遇平生，難得逢上一流高手，一時興豪，方才逼出此四字狂草，委實酣暢已極，多謝成全！」

蔡京道：「寫四字還不難得，這時節冷，原本硯墨已凝結，你能在跟當今兩大腿法名家之一的小四子對拆間，已把硯墨磨好成書，這才是了不起之處。」

王小石恭敬的向四人逐一拱手作揖道：「魯大爺、燕二爺、顧三爺、趙四爺，得罪了，多謝手下容情。」

◇◇◇

王小石說這句話的時候，心頭暗驚。

因爲他一早已知道這四個人是誰。

所以他要試一試他們的身手。

現在他知道了。

——有他們在，就像諸葛先生身邊有「四大名捕」在一般。

王小石說這句話的時候，那四人也暗自惕懼。

他們在那短短的過招期間，都知道了一個事實：

——眼前這個年輕人，不但難惹，簡直是個極可怕的對手。他在這瞬息間連攻四人，同時下筆寫字，還可以一筆渾成。

王小石的武功不是高，而是高深莫測。

——太師確有眼光。

——這小子確有能殺死諸葛先生的能力！

◇◇◇

這麼的四個人，便是蔡京手上的紅人，身邊的「四大護衛」：

魯書一

燕詩二

顧鐵三

趙畫四

他們與葉棋五和齊文六合稱「六合青龍」。原本這「一柱擎天，六合青龍」是荒山道人的綽號，可是在他身死之後，這外號給六人分而享之，這六人的武功，卻無一不在荒山道人之上。

當年與諸葛先生合稱爲「三大神捕」的李玄衣就曾很感歎的說過：「再過十年，就是四大名捕與六合青龍的天下了，哪有我們這些老骨頭立足之地呢？」

另一位神捕劉獨峰也說：「四大名捕全師出於諸葛，相比之下，我那六個徒兒就窩囊得很。」他自己也收了六名徒弟，但都不甚出名。

另一位神捕柳激煙也說過：「六合青龍裡有四條龍已歸順太師，並爲其重用，再過幾年，咱們得要在他們手下討飯吃了。」

說這些話的三位捕頭，全不是因公殉職，就是不幸身亡，剩下的只有諸葛先生。

當年的「老四大名捕」，除了元十三限投效蔡京，諸葛先生依然在朝擁有一定的權勢外，舒哥、嬾殘大師和天衣居士都已退隱江湖。

而今，蔡京他們計劃要殺的，正是諸葛先生！

◇◇◇

「剛才我冒昧出襲，是別有用意的。」王小石道。

「我明白。」蔡京淡淡地道。

王小石心中一寒，蔡京這隨口一句，彷彿言有盡而意無窮，彷彿在說：若不是我老早知道你的用意，你早已死無葬身之地了。

他還是把話說下去。

「我要試一試這四位兄台的功力。」

「你現在試著了？」

「你剛才問我需要什麼條件？什麼支助？」

「你說。」

「我在說之前，還得先要請教一事。」

「哦？」

「元十三限是我的師叔。」

「我知道。」

「他武功比我高。」

「他武功很高。」

「他已投效在太師帳下。」

「他也很受我重用。」

「那麼，行刺的事，」王小石道：「太師爲何不選我四師叔，而偏偏選我？」

「因爲元十三限也太過驕傲。」

「我不明白。」

「元十三限只顧跟諸葛先生決鬥，可是三度都敗於他手，他決意重新修練後再鬥，可是諸葛在朝中勢力漸漸坐大，我們不能再等。」

「元十三限不願行刺？」

「他是不屑。」

「你爲什麼要告訴我這原委？」

「我爲何要隱瞞你？」

「四師叔不屑爲的事，我爲何要做？」

「你會做的。」

「爲了『金風細雨樓』？」

「也爲了國家社稷。」

「……」

「諸葛好戰喜功，觸怒金主，當今天下大勢，應求相安無事，實犯不著兵禍連綿，諸葛不除，戰端必啓，昔時，張良、荊軻刺秦，莫不以大節爲重，踔礪敢死，你身在俠道，身爲俠士，見義不爲，而被俗世之見所拘，學得一身好本領又有何用？」

「說的好，」王小石苦笑道：「只望我不會跟荆軻一般的下場。」

「不會的，」傅宗書接道：「我們已安排了一切計劃，保管你得手後還能全身而退，回來跟我們共享榮華富貴。」

「如果我去，你們才把計劃告訴我？」

「反正你一定會去的。」傅宗書鐵定的說。

「如果我拒絕，你們現在就殺了我？」

「你是聰明人，當然不會不去。」

「如果我行刺失手呢？」

「我們也一樣安排了人來接應你，當然不希望你會落在諸葛手上，而我們也需要你這樣的人才。」

「看來我想不去都不可以了。」

「爲了你的朋友，更加要去。」

「朋友？」

「你的朋友：唐寶牛、方恨少、溫柔他們都犯了事，這事可嚴辦亦可緩刑，你若能將功贖他們之罪，我擔保他們都會平安無恙。」

「難怪他們在外面吭都不吭一聲了，」王小石恍然地道：「可是他們到底犯了什麼事？」

「你不如去問你另一位朋友。」

「誰？」

「張炭。」

「這又跟張炭何干？」

「嘿嘿！」

「就算是爲了你自己，你也該把這任命接下來。」蔡京忽然接口道。

「我自己？」王小石指著自己的鼻子說。

「男兒在世，當以功名求富貴，你在坊間無所事事，枉負奇志、辜負青春而已。」

「你不是勸人得放手時儘且放手的嗎？」

「你這個年紀，現在這個時候，豈可輕言放手？」

「你說得對，」王小石搓著手指：「可惜天氣好冷。」

「正是，」蔡京居然也岔開了話題，彷彿他也一點都不急的樣子：「冷得連墨都乾得這麼快。」

王小石不禁由衷地敬佩起眼前這個人來。這人身份足可號令天下，但耐性彷彿比他還好：「天氣太冷，不是殺人的好季節。」

「我早知道你會答應的。」蔡京慈祥而狡黠地笑了起來：「冷天氣殺人，血會很快乾；對方的反應也會因寒冷而遲緩一些，那就夠了。」

「可不要我自己的動作也慢了起來；」王小石笑道：「可是我仍不明白。」

「不明白的你可以問。」

「你爲什麼不請這四大護衛執行呢？他們的武功都比我高。」

「他們不像你，無法靠近諸葛，而且就算能接近，他也定有防患，況且，諸葛身邊……還有四大名捕！」

「四大名捕……我倒幾乎忘了！」

「那四個人是絕不能忽略！」蔡京肅然道：「那是四個任何人都不能忽略的人。」

「就算魯、燕、顧、趙四兄不能執行，你身後那位朋友，如果有他出手，成算也要比我更高。」

王小石朗聲道：「如果我沒有看走眼的話，這位朋友就是當今武林中最詭異的高手：『天下第七』了？」

蔡京身後的瘦長個子一動也不動，更沒有回答。

但他肩上的包袱卻似是微微動了動。

蔡京卻道：「他也不能去。」

王小石道：「可以讓我知道原因麼？」

「現在還不可以，」蔡京道：「等你行刺成功，咱們是一條道上的人了，那時很多事情，你自然便會一一清楚明白了。」

王小石嘆了口氣，又指了指自己的鼻子，道：「看來，我是非去不可，而且也非我去不可了。」

蔡京道：「對。現在你要做的只是提出條件。」

王小石想了想，豎起四根手指，道：「四個。」

「你說說看。」

「殺了諸葛，我要求太師設法，把蘇大哥、白二哥取代諸葛先生在朝野的地位。」

「這點不難，我可盡力保奏；」蔡京道：「至於能不能取而代之，則要看他們的造化了。」

「如果我能殺死諸葛先生，我希望仍留在汴京，不想做一輩子逃犯。」

「這也不難，你就跟著我好了；」蔡京道：「我們的計劃已包括了讓你能全身而退、日後扶搖直上、平步青雲的部份。」

「我希望如幸得手，太師和丞相大人能對江湖上的好漢網開一面。」

「只要他們能接受招安，我們必定儘量收編，你放心好了。還有一個呢？」

「請求太師進疏皇上，免除奢靡、廢採花石，民不聊生、盜賊四起，皆因此而生。這是小石殷殷衷言，望能採納。」王小石道。

蔡京神色一變。

傅宗書喝道：「大膽！」

蔡京微揚手制止，緩緩地道：「我會稟奏此事，至於皇上聖意如何，就非我和傅丞相能料了。」

王小石大喜忙道：「只要太師和丞相大人肯進言，那就是天下百姓之幸。」

蔡京瞇著眼道：「王小石，你也真不簡單呢！四個條件說過了，還需要什麼援助嗎？」

「要。」王小石爽快地道：「我需要四大護衛的相助，以便易於掣肘諸葛先生的四大名捕。」

「的確只有他們才治得了四大名捕；」蔡京微微笑著：「你剛才向他們出手，

可不是要一試他們的本領嗎？」

「太師明察秋毫，小石無所遁形；」王小石道：「在下冒死一試，佩服得五體投地。」

只聽魯書一重重的哼了一聲。

蔡京帶著點驕矜但又機警的微笑說：「你現在可以聽聽我們的計劃了吧？」

王小石慌忙的道：「我還有一個要求。」

傅宗書兩道刷子一般的眉毛一沉道：「王小石，你忒也多事！」

王小石正色道：「其實，這不只是要求，也是我的原則。」

他朗聲道：「這件事，我一定要稟明蘇大哥，要他允可，我才能做。」

傅宗書勃然大怒，道：「王小石，你敢戲耍我們！」

王小石朗聲道：「在下決無此意！」

傅宗書目光漸厲：「那你剛才又要答應？」

王小石覺得傅宗書的眼神直如兩道黑暗之光，直似要把自己推倒，強歛心神，道：「我一直沒說過答應二字。」

傅宗書厲聲道：「你……」

蔡京仍瞇著眼，聲調平靜而好聽。

蔡京的聲調，卻教人生起一種不寒而悚的感覺：「你一定要回『金風細雨樓』問過蘇夢枕才可以？你剛才又說已跟『金風細雨樓』毫無關係！」

「坦白說，我是他的兄弟，我的所作所爲，難免跟『金風細雨樓』只怕脫不了關係，我剛才只是不想牽累他們，才說出那種話，想太師和相爺也不會相信。像這麼重大的事情，我怎能不徵得他的同意？」王小石依然頑強，但他隨後又補充了一句：「可是不一定要返回天泉山『金風細雨樓』。」

傅宗書微微一愣，道：「什麼意思？」

王小石道：「我要問的人，他正好在這裡！」他接著大聲喚道：「二哥，你再不下來給我一個指示，我可要被抄家斬首了。」

只聽一人在屋樑上笑道：「別緊張，別窮緊張，老三有難，老二怎能不在一起！」

「說的也是，」王小石大聲嚷道：「卻不知這事大哥知不知道？」

只見人影一閃，一個玉樹臨風、軒昂頎長的錦衣青年已落了下來，神態悠然，但語音凝重：「大哥便是爲此事遣我來的。你知道，他行動不便，我要料理『金風細雨樓』的事，剩下只有你的武功才智能夠擔得起這重任。」

「這件事非你不可，」白愁飛望定王小石，一個字一個字地道：「爲己爲人，爲國爲民，必殺諸葛！」

◇◇◇

王小石也望定了白愁飛，過了好一會兒，才淸淸晰晰地道：

「好，這件事情，我扛上了。」

白愁飛點了點頭，看了看自己的腳尖，走上前去，又望了望王小石的雙肩，然後才舉目，與王小石對視，雙目已隱泛淚光。

「好。」他點點頭。

白愁飛唇向下拗著，語音混淆的道：「好兄弟。」然後握住王小石的手。

王小石低聲道：「二哥，萬一我有什麼事，你代我照顧大哥吧！」

白愁飛又頷了頷首，低頭去看自己腳尖。

王小石遂轉面向著蔡京，揚著眉道：「好了，請你們告訴我行刺的計畫！」

十 張炭的下場

在返皇宮的途中，傅宗書問蔡京：「以太師看，王小石會不會真的替我們刺殺諸葛呢？他的行動能不能成功？」

蔡京臉含微笑，看著車窗之外。

窗外的民眾百姓，全閃到道旁，跪首不起，禁軍、儀隊正在前後左右，爲自己呼擁開道，直驅內城。

——一個人能有這般威風，在萬人之上而又不一定在一人之下，也算是無憾於此生了吧？

——可是，如果一旦失去了呢？這恐怕比從來沒有過的下場更難堪！

當他想到這些的時候，臉上的笑意越來越濃，彷彿沒聽見傅宗書對他說的話。

傅宗書卻打從心底冒起了寒意。

——因爲他知道蔡太師曾經在最開心、笑得最溫和的時候，突然下令，把跟在自己身邊的幾名愛將心腹全滅族抄家！

——天威難測。

太師能投聖上之所好，但誰也捉摸不到太師的心理。連傅宗書自己也不能。

蔡京既沒有回答，傅宗書也不敢再問。

跟前這個人，雖遠比傅宗書矮小、清瞿，但對傅宗書而言，蔡京的陰影仿似巨人一般，一動衣袖都足能把他吞噬掉。

這是種恐怖的感覺。

——當你發現跟某人在一起的時候，會完全消失了自己，就會瞭解到這種感覺的不好受。

幸好傅宗書早已受得習慣了。

而且除了蔡京之外，人人都同樣得要忍受他萬壑排濤似的壓力。

車子又駛了一陣子，已經接近宮門了，蔡京才忽然說話：「王小石不老實，不過已由不得他不殺諸葛。」

傅宗書靜靜的聽著。

他是不大明白。

可是他也不大敢問。

因爲他不知道蔡京肯不肯說。

——有人說：當「心腹」的第一件要懂的事，便是要懂得什麼時候該問什麼問題，什麼時候連半句話也不該說。

有人在不該說話的時候嚼舌不已，所得到的結果，實在不如半句話也沒說。有人為了怕說多錯多，寧可不說話來保住顏面，可是所得回來的結果，往往是令人不知他的存在。

——該怎麼說話、如何說話、何時說話、說什麼話，實在是門大學問。

傅宗書在官場混久了，跟蔡京在一起也久了，對說話的分寸和時機，已把握得爐火純青，可說已到了增一句則太多、減一句則太少的地步。

「王小石的字，寫得的確很好，可惜還不夠火候，」蔡京果然說了下去：「你可知道他的敗筆在哪裡？」

傅宗書忙道：「卑職對書畫是門外漢，得恭聆太師教益。」

蔡京微微一笑：「你客氣了，我知道你也學過三年漢碑，不過知道聖上和我都寫得一手好字，你知道再練也沒有出頭的日子，才不寫了，是不是呀？」

傅宗書的心幾乎跌落到小腹裡去了。他本來要故作鎮定，但隨即又覺得該把恐懼表現出來的好，表情一時舉棋不定。他曾習過字的事，只有他身邊十分親暱的人才會曉得。他的字本來鐵劃銀鉤，字字均有開山鬮石之力，但他心知皇帝和太師俱以字稱著，絕不容讓再有一人與他們並駕齊驅，所以傅宗書早早棄筆，並絕口不提自己曾習字一事，不料，聽蔡京的口氣，卻似早已洞悉此事。

蔡京見他臉上陣黃陣青，哂然道：「其實練練字又有什麼，反正你也寫不過當今聖上。」

傅宗書心裡舒了一口氣，嘴裡忙道：「是呀，我再怎麼寫，也遠不及太師項背，天資這般魯鈍，又沒悟性，還不乾脆擲筆，寫來作甚！那王小石不自量力，怎逃得過太師法眼！」

「那也不然，以字論字，王小石靈活多變、不拘一格，確有佳妙之處；」蔡京沉吟道：「他是失在把『不師古法』四字，用四種筆法寫成，這樣雖炫示出他筆下鋒迴路轉，令人應接不暇，實則缺乏個人風格，火候不足，不如一筆而成。」然後他補充道：「他就是太過炫耀。要是一筆一劃、步步為營，單憑字論，已是個不世人物。」

語音一頓，又道：「從字論人：他對殺諸葛的事，也莫衷一是，猶豫未決。一方面，他怕殺了諸葛在江湖上落得個不仁不義之名，又怕殺不了諸葛自己反而落得被殺；另一方面，他想藉殺諸葛而立蓋世功名，也想殺諸葛以為民除害。他既知道不能擺脫我們的勢力，但又不甘心任憑我們的擺佈；他亦明知未必攻破得了諸葛的實力，但又躍躍欲試，所以，他把最後決定交給了蘇夢枕……」

傅宗書知道自己該說話了：「太師早見及此，白愁飛亦已出面證實了，照理王小石已不能再作推托。」

「對這種人，倒是要把網張得長長的、闊闊的、遠遠的，重要的是放的技巧，而不是收的問題。」蔡京取出一個鼻煙小瓶，在左手背上倒了一些粉末，然後舉手放到鼻端去嗅了嗅，才接下去說：「單憑王小石這手字，寫得浮移不定，神光閃爍，他遲早得要為我們效命。」

傅宗書提醒道：「依我看，王小石可能還會有變卦，不如太師派個人去盯著他……」

蔡京微笑反問傅宗書：「你怎麼知道我沒有派人去盯他？」

他的神情也沒什麼特別，眼神也並不凌厲，但饒是威鎮邊疆、雄視天下的文臣武將傅宗書，都總覺得他每一眼都能看進自己的心坎裡去。

◇◇◇

蔡京對王小石所下的命令是：「三日內必殺諸葛，否則提頭來見。」

——如何殺？

——怎麼動手？

蔡京當然把計劃告訴了王小石。

問題是：王小石卻如何執行？

——王小石到底執不執行？

◇◇◇

要跨出「愁石齋」之際，王小石有問於白愁飛：「大哥真的要我非殺諸葛不可？」

白愁飛肅然點頭。

「爲什麼？」。

「因爲要整勘京畿路律法，嚴辦幫會的人，正是諸葛；」白愁飛恨聲道：「就算蘇大哥容得他拿人送官，諸葛也容不得他和你我苟全！」

王小石聽罷，長吁了一口氣，像在思考著什麼事情，隨手拿起了筆，筆在初乾的硯上蘸了幾蘸，凝墨竟冒出了煙氣，毛筆也浸了墨汁，他隨手寫了幾筆，白愁飛稍為留意，只見那幾個字寫的是：

「大丈夫安能久事筆硯間乎？」

白愁飛微微笑道：「好志氣！」

王小石擲筆道：「只怕沒有識貨的人！」

白愁飛道：「現在就有用著的地方！」

王小石道：「你是說蔡太師和傅丞相？」

白愁飛道：「他們也確在用人之際。」

王小石喃喃自語：「蔡京能寫出這樣清逸淡澹的字，人品必有可取之處。」

白愁飛問：「難道你不相信他們的話？」

王小石反問：「你可知道，我為什麼下定決心要殺諸葛？」

白愁飛道：「如果你只是為了權位利祿，你就不會在『金風細雨樓』盡挫強敵後，悄然離開天泉山，獨守『愁石齋』了。」

王小石道：「我是為了蘇大哥。」

「沒有蘇大哥，我武功再高、本領再強、才幹再好，也得不到證實，我只是一個藉藉無名、平凡的人而已；」王小石激動地道：「就因為是他，我們成了京城裡第一大幫的當家之一，他信任我們，讓我們的能力得到全面的發揮和印證，他讓我們沒白來這一趟京城！」

「所以有人若要對付他，我一定阻止；」王小石斬釘截鐵地道：「無論是誰！」

「我也一樣！」白愁飛大力地拍著王小石的肩膀：「我一定支持你！」

他們豪笑著，踢開「愁石齋」的門，大步邁了出去。

初冬的陽光普照，卻是綻發出冷冽的寒意，彷彿那是冰雪的膽魂。

他們先看到的，不是陽光的笑臉，而是陰霾在人的臉上結成了寒霜。

方恨少垂頭喪氣、無精打采，看他的樣子，要比在市場叫賣了三天但連一粒雞蛋都沒有賣出去的小販還頹喪，跟他剛才的趾高氣昂、沾沾自喜成了兩個人似的！

唐寶牛則很生氣。

他簡直是怒氣沖沖，十里開外的人都知道他要比火刀火石火鐮火摺子還要火爆。

溫柔的表情則很好玩。

她什麼表情都有一些。

看她的樣子，彷彿有些不屑、又有點憤怒，但又像是在悲天憫人的樣子。

不過仔細看去，骨子裡恐怕還是幸災樂禍的多。

——年輕而美麗的少女，她們的表情，千變萬化、豐麗多姿，一如她們的心情。

另外還有一個人，剛才並沒有在場。

這人是朱小腰。

有點慵懶、非常閒淡、但長睫毛對剪著許多昨夜的嫵媚，此刻她臉上也有一絲焦惶之色。

——到底發生了什麼事情？

場中似乎還少了一個人。

這個人剛才還在場，而今卻不在了。

「張炭呢？」王小石問方恨少。

王小石跟他交過手，對這人讀書不求甚解、常不知以爲知，印象十分深刻；同時他也明白，當發生重大事情的時候，如果去問唐寶牛詳情，那一定是丈八金剛蒙了眼——別說摸腦袋了，簡直要連東南西北都要分不清了！

溫柔亮著眼睛，熱切的說：「他呀！哇哈！他惹的麻煩可大了！」

還是方恨少先問：「你進去之後……沒有事吧？」

王小石撫平了長衫上的縐紋，笑道：「我這不是已平平安安的出來了嗎？」

溫柔又搶著道：「你那兒沒事，我們這兒可有事哩！」

王小石當然不明白：八大刀王都已離去，溫柔、唐寶牛、張炭、方恨少、朱小腰等俱非庸手，自己進去以後外面似也沒有什麼劇烈打鬥的聲音，此地又是光天白日的大街上，能發生什麼事？

方恨少期期艾艾的道：「你進去以後，八大刀王也追了進去，但隨即又一一退了出來，樣子十分狼狽，我們都知道你打勝了，可是又不出來，心知不對路，想要進去察看，八大刀王卻攔在齋前，結成刀陣，不許我們進去，這樣一來，我們反而知道裡面一定有事，正待強闖，忽看見白二哥在屋簷那兒，跟我們揮手示意，我們這才算放了心。」

王小石知道這干人待他的好，心下感動，想到自己有這些朋友，著實算是沒白來京城這一趟，也沒白活這一遭了。

唐寶牛卻向方恨少氣虎虎的道：「你這番好話，算是給自己討好臉來了？不是爲了你，後來能鬧出這種事體兒來麼？」

王小石忙問：「後來發生什麼事了？」

方恨少連忙道：「也沒什麼。」

唐寶牛卻怒道：「沒你個頭！」

王小石道：「一定有什麼事！」

方恨少強笑道：「也沒什麼事，只不過是張老五……他……他被抓進牢裡去了。」

唐寶牛又一記霹靂：「那還不是爲了你！」

溫柔在旁加一把聲音：「是呀，方公子，你倒是學問沒一書袋、經籍沒一籮筐，但連累的五親六戚七朋八友呀！大概可以起座村莊了吧？你真是生害親朋、死害街坊！」

方恨少一向好辯喜駁，此際竟不敢吭聲。

王小石以爲大概又是蔡京指使刑部的人藉故扣拿了張炭，忿道：「這算什麼？扣押張五弟當人質不成？」

白愁飛低聲道：「張老五也不是省油的燈，這些人怎會眼睜睜看他被抓，敢情還有內容。」

然後向方恨少叱道：「到底是怎麼回事？你們說話可別一截一截的好不好？」

溫柔道：「不如讓我來說，他……」

話未說完，唐寶牛已岔了進來，一輪衝鋒似的說：「方恨少這王八蛋不要臉吃古不化的東西，學人看書，看書還不打緊，還叫張炭這渾小子偷書，偷書還不怎麼，一偷偷了那個人的那個書，這不是自討苦吃，這可是幫他也沒個理兒的，我叫小方別充書呆子了，你看這不就充出亂子來了嗎？你說是不是？」

唐寶牛一口氣十八盤似的盤到了氐，然後問王小石「是不是」，王小石一時也不知是什麼？不是什麼？只能答而再問：「你說什麼？」

這一句可惹火了唐寶牛：「你聾了不成？咱說了那麼多話，你一句都聽不懂！」

王小石也不怕他，只不過想早些知道發生啥事。

溫柔呶呶嘴道：「好呀！你說你說，儘說成這樣子，誰懂！」

白愁飛道：「那由妳來說好了。」

溫柔粲然一笑道：「你怎麼來的？」

白愁飛一愣，道：「我是來找老三的。」

溫柔情深款款的凝向他：「怎麼剛才我沒看見你來呢？」

王小石的心一動。

白愁飛只說：「剛才發生的是什麼事？」
溫柔倒一時沒會過意來：「……什麼事？」
白愁飛耐心的道：「張炭犯了什麼事？是怎麼給人抓起來的？」
溫柔哎了一聲說：「那小子老愛偷東西，我就說他沒好下場。」
王小石眉毛一軒，道：「他又偷了什麼東西來著？」
「書；」溫柔嘴兒一噘，「這次他偷的是書。」
王小石奇道：「書？他偷什麼書？連書他也偷？」
溫柔把纖纖玉手往方恨少那兒一指：「你問他呀！」
方恨少站在那兒，鼻子有點發白，一雙手攏進衣袖，又抽了出來，臉上儘是想笑不是、想辯不敢的表情。

十一　腳印的話

白愁飛忽用肩膊碰了碰王小石，沉聲道：「看。」

王小石隨他目光望去，只見近街口青石板地上，有兩方腳印，入地約二分深，奇怪的是，腳印周圍的磚石全無裂痕碎跡，直似是工匠鐫刻上去一般。

王小石當然知道不是。

他一向就住在這裡，這兒從來沒有這種腳印。

他一見，臉色也凝住了。

白愁飛匕鬯不驚地道：「你看呢？」

王小石暗抽了一口涼氣：「好厲害。」

「怎麼說？」

「這人一來到就選了這個位置，這方位看來毫無特別之處，但卻是這方圓十丈之內，面對強敵時最有利的位置，這人無疑是個高手。你說呢？」

「來人不但選了個有利的位置，而且還有個輕功極佳的好幫手。」

王小石目光移轉，就看到在那一雙印在石板地的足跡之後，又有一對淺淺的足印。

這是當街大道，行人路過，腳印綜錯，本就難以一一辨析，王小石能一眼看到原先的腳印，那是因爲那對腳印已深陷在石板上。

另外一對，卻不然。

那只是一對平凡的足印。

王小石一時不解：「嗯？」

然後他就發現那右邊的鞋印上有一朵花。

小小的風車花。

風車花來自這街角圍牆裡的一棵大風車花樹，樹正值開花的時季，其中有些椏蔓延出牆外來，風吹過的時候，花瓣轉呀轉的便落了下來。

花瓣落地的時候，純白的花朵還未開始凋謝。

白愁飛道：「看到那朵花沒有？」

王小石點點頭。

「那朵花正好落在右足印上，那人足踏在花上，竟能不損花瓣分毫，只往這兒一站，既未炫示輕功，也未顯露內力，但下盤功夫之好，只怕當世不出三人。」

王小石心下一悚：「會不會這朵花是來人走了後才落下來的呢？」

「不會。」白愁飛雙眉深鎖。

「那人的腳跟上去了，雖全不損花朵，但鞋下的泥塵仍沾了些在花瓣上。」

「試問，如果沒有絕世的輕功，誰能踏在花上沾了泥塵卻仍不踩壞花瓣？」

溫柔好奇，隨王小石的目光望去，卻是什麼都看不出來，只好問：「你們在看什麼？」

白愁飛道：「腳印。」

「腳印有什麼好看的？」溫柔問。

「腳印不但能看、還能聽。」

「什麼？腳印也會說話？」她感到好奇，又問。

「這世上一風一花一雪一月一事一物都會說話，不過只有有心人才聽得到，」

白愁飛生怕溫柔糾纏下去，忙問方恨少：「你偷了冊什麼書？」

方恨少訕訕然道：「『吞魚集』。」

白愁飛一怔：「『吞魚集』是什麼東西？」

王小石道：「這是本參悟命相的奇書，傳爲唐李虛中所著，以天干地支配爲八字，專取財官印綬，論人事得失，並以飛星易理，論運勢變化，與『列眉寶鑑』、

『攔江網』並稱於世，唯傳此書已無真本，不知……」

方恨少聽得王小石這般一說，吐了吐舌頭道：「我可不懂這麼多淵源。今兒個大夥起了個大早，到汴河去釣魚……」

「釣魚？」白愁飛眉毛一揚：「你們可真閒空！」

「他們在比賽，」方恨少解釋道：「唐寶牛力氣大，要跟我們比扛石擔子；張炭胃口佳，要跟我們比吃飯；溫柔會猜謎兒，要跟我們比猜謎燈；我呢，我輕功好，要比登山越嶺；各有所長，誰都不服誰，只好想出個玩意兒來：比賽釣魚！」

「這怎麼說呢？」方恨少還是說個分明：「比賽釣魚，誰都不在行，全靠碰運氣，這不就公平得多了嗎？」

「你們忒真有閒，」這次連王小石也不得不說這一句話：「結果誰贏了？」

方恨少唉聲道：「這一釣，卻釣出個大頭佛來了。」

溫柔插嘴道：「還說呢！要不是你生事，釣魚才不會釣出禍事來呢！」

王小石也笑道：「對了，釣魚跟書有什麼關係？」

王小石問出這一句的時候，在白愁飛的心裡，大是佩服。

王小石剛才接到了一個重任：這重任是殺死名動朝野的諸葛先生。

以王小石的武功，去殺別的人，並不是件難事，可是要殺的是諸葛先生，換作是蘇夢枕，也不一定能有把握，何況，白愁飛從來就沒有見過王小石殺過什麼人來著，就算王小石能夠殺得了諸葛先生，是不是能在四大名捕手下超生，天下雖大能否容身，傅宗書等人會不會履行諾言讓他晉身，在在都是極不易解決的疑問——

當一個人惹上這種事端，就算解決得了，一輩子也難免沾上麻煩，這才是棘手之處。

可是王小石居然還能像沒事的人兒一般。看他輕鬆自然，跟平時沒啥兩樣。

觀察一個人物日後是否能成大器，端在失意之時能否持志不懈；觀察一個人是否能擔當重任，則要看他平時在處理小事的時候是何種態度；白愁飛見王小石面臨危艱而無憂色，不管行刺是否能成事，但這人確是江湖上難得一見的人物。

這邊廂方恨少正呱啦呱啦的說：「有關，關係還大著呢！大水牛最沒耐心，說不釣就不釣了，我和黑炭頭都沒斬獲，唯獨是溫柔——」

溫柔唬他：「溫柔可是你叫的？我是你什麼人，少來跟本姑娘攀親！」

方恨少嚇得忙說：「是，是，溫姑娘卻釣著了一尾魚，可怪，只有一隻眼睛，溫姑娘說她從前在家裡吃過，可就不知道是什麼魚。於是大家都說，誰先弄懂這魚的名字，便算是第一名——」

溫柔又插上一句：「誰說！魚是我釣獲的，查著了魚名，也只是第二名。」

王小石微笑道：「後來查著了沒有？」

方恨少頹然道：「到現在還沒查著。」

王小石道：「這大概是魪魚吧！其實就是俗稱的比目魚。晉時劉淵林曾說過：魪魚分左右，只有一目，云須兩魚並合乃能游，否則，單行時易落魄著物，為人所得，故曰兩魪。」

方恨少羨慕地道：「啊，你真有學問，幾乎跟我可以相比。」

王小石謙道：「過獎，過獎，我哪能跟方公子相比。」

方恨少倒是眼也不眨：「說的也是，可見你還有自知之明，他日有暇，咱們不妨切磋切磋。」

王小石忙道：「哪敢切磋，只有向你請教的份。」

方恨少坦然道：「對，我有教無類，你可別跟我客氣。」

王小石笑道：「不客氣不客氣，只是這魪魚又跟偷書扯上什麼關係？」

「說著，我倒忘了，哪，關係馬上就來了，」方恨少趕忙說下去：「那時候，我們幾個人，拎著尾魚上了『孔雀樓』，想交給廚子烹而食之，偏是溫姑娘捨不得，不過，那條魚也沒了氣，不吃白不吃。」

溫柔兀自忿忿地道：「還好說呢！都是你們把我那條魚給弄死了！」

這次大家都沒理她，方恨少逕自說了下去：「正在討論的時候，忽然有兩名漢子，上得樓來，我們一看，便知道是會家子——」

白愁飛忽道：「慢著。」

方恨少奇道：「怎麼著？」

白愁飛問：「這兩人是不是後來抓張炭的人？」

方恨少愕然道：「是呀！你怎麼知道？」

王小石見白愁飛望望地上的腳印，陷入了沉思之中，便道：「你且說說看這兩人的形貌。」

方恨少用手搔搔後腦，又扶正了頭巾，尋思地道：「也沒啥特別，都是中年漢子，一個樣貌很是落拓，腰繫葫蘆，眼裡盡是滄桑的樣子，另一個相貌堂堂，兩隻手特別粗壯，很有氣派的模樣，倒是沒有什麼特別處……對了，那潦倒的中年漢子，手裡還挽了一只包袱。」

白愁飛忽「呀」了一聲。

王小石知道他必是想起什麼人來了，他也沒有問，反而怔了一怔：「包袱？」

「對！」方恨少道：「包袱裡，最上面的一本書，就是『吞魚集』」

王小石恍然道：「你們看這書名，以爲是跟魚有關，想查個淸楚，便去拿來看了！」

方恨少一拍大腿：「瞧呀！就是這樣！」

王小石道：「你可以向人借呀！何必要偷？」

「這……」方恨少有些期期艾艾地道：「我也想借，溫姑娘說——」

溫柔倒是爽快：「我聽小方說有本『吞魚集』，名字好好玩，就說：快把它偷過來，說不準裡面有記載烹魚的秘法，咱們把魚帶回『金風細雨樓』裡烹去，自己釣的自己煮，總有些味兒！」

方恨少接道：「所以，黑炭頭就自告奮勇的去了。」

「張炭確是妙手空空，若論盜技，的確是京城裡第一把好手，」王小石道：「只是，那兩人把書放在外邊麼？要不然，你怎能一眼望見？」

「這你就有所不知了，」方恨少笑嘻嘻的道：「我的目力特別好，在全黑裡亦能視物，人看飛蠅，只見一小黑點飛過，但我能將其爪子羽翼紋路均能看得一清二楚；那人用一層藍布裹著，憑我的眼力，孔雀樓裡陽光充足，要看透那層布帛，看見書冊的題名，絕不是件難事……」他笑笑，這一笑充滿了自信：「譬如，我現在就看得出你右襟內藏有三顆硬塊，像是石子之類的事物，是也不是？」

「佩服，佩服。」這次王小石說得十分由衷。

白愁飛冷哼道：「難得一對電目，卻不學好……」

方恨少氣得耳朵一動，王小石忙把話題岔了開去：「哦，原來那人把書包好，但仍給你神目如電，瞧破了，所以張炭就過去偷書？」

方恨少頷首，道：「黑炭頭這回又說：看我的，然後吩咐了老唐幾句話，便走了過去，故意跟那兩名漢子搭訕……」

溫柔忽然咯咯地笑了起來，笑得花枝亂顫。

王小石問：「什麼事？這般好笑。」

溫柔仍忍不住笑，邊笑邊說：「哎呀，笑死我了，你知道那塊炭怎麼個好逗法？」

王小石以不變應萬變：「請說。」

「他跑了過去，跟那兩名漢子打了個揖，說：『這兒桌子都讓人佔了，可否搭個位子？』那兩人自是讓他坐了下來。黑炭頭又向他們介紹說孔雀樓有哪道好吃的菜餚，就跟他們攀談起來，還請教他們姓什麼……」說到這裡，溫柔又樂不可支，忍俊不住，咭咭地笑了起來。

所幸方恨少替她把話題接了下去：「那風霜的漢子道：『我姓商。』相貌威皇的漢子望了望商姓漢子一眼，說：『我姓夏。』黑炭頭笑道：『竟有這樣子巧法，要是多來一位姓周的，豈不是夏商周朝的國姓都齊全了？』夏姓漢子抱拳問：『未請教兄台高姓？』你道黑炭頭兒怎麼說？」

王小石只好問道：「怎麼說？」

方恨少忍著笑道：「黑炭頭兒說：『我不敢講，怕給你們吃了。』姓商的說：『你姓高嗎？』黑炭頭當然搖頭。姓夏的猜：『你姓范吧？』黑炭頭說不。姓商的漢子又猜：『一定是姓蔡了。』黑炭頭只說：『都不對。』」

方恨少又說：「姓夏的漢子奇道：『既然都不是，又何必怕給我們吃了呢？』黑炭頭這才悠哉悠哉的說：『看你們著急成這個樣子，我就告訴你們吧！我姓史呢！』」

這句話一出，王小石也不禁好笑，連一向冷著臉的白愁飛也幾乎笑出了聲，只道：「這張炭好生促狹。」

王小石笑著道：「不過，這一說可得罪了人。」

方恨少笑嘻嘻的道：「這兩人倒是好涵養、好脾氣，只互覷一眼，那姓商的說：『好小子，倒真給你耍了。』夏姓漢子卻舉杯敬黑炭頭，還說：『史兄伶牙俐齒，咱哥兒倆倒失敬了，給你逗著了，也心服口服，沒二話說。』黑炭頭笑著盡了一杯……」

王小石道：「這兩人好氣度，人家這般忍讓，張五哥也不好太過得寸進尺了吧？」

白愁飛卻沉吟道：「他們忍而不發，必有隱衷，絕非尋常人等。」

方恨少毫不在意地道：「不玩下去怎麼行？咱們原先約好的了，要是黑炭偷不著，便算是兔崽子，他說什麼也得到手……就在這時候，大水牛就在酒樓下面，大叫三聲：『救命』……」

白愁飛這可一時沒聽懂：「怎麼？」

王小石也問：「他好端端地，怎麼跑到街心去叫救命？」

方恨少慢條斯理的道：「這是黑炭原先約好的，要老唐在下面大聲呼救，就在那兩名漢子往樓下瞥的剎那，張炭已把書偷盜得手，揣在懷裡，藉故告辭，回到我們的桌上，再付了賬，到樓下與大水牛會合……反正，當街叫幾聲救命，又不犯法的。」

王小石嘆道：「可是你們偷東西，卻是犯法的。」

「我們原只想借一陣子就還給他，不料翻開來一看，這算什麼『吞魚集』嘛！內容與魚蝦蟹全無關係。」

「只有一列列、一行行的人名，」方恨少悻悻然的道：「古裡古怪的，還不知是用來作啥的！」

王小石失聲道：「不好。」

白愁飛也道：「這冊子裡面大概會有文章。」

王小石道：「至少也是要件。」

白愁飛道：「他們這就闖禍了。」

稿於一九八六年十月父親病逝期間傷痛時

校於一九八九年一月三日（十一月廿六日）生辰慶祝聚/獲聯合報極短篇小說獎/仰和醫院探馬榮成/友好聚於canton/同赴沙田車公廟/中時晚報刊出「不勝寂寥的小花」/自立晚報發表「酷刑」/中華日報連載「剎那芳華」

再校於一九九〇年十二月六日重大申請終於再次順利呈遞

十二　偷書賊

王小石很謹慎的問：「那冊書是怎麼個樣兒的？」

方恨少不加思索便道：「那是杭州版印，私人刻造，雙邊、白口、字大、行寬，字體整齊渾樸，歐陽詢體字，黃紙柔韌，墨色濃厚，大約是溫州的貢紙，印得還真不錯哩。」

王小石動容道：「你倒是記得清楚……不知可記得內容？」

「這個嘛……」方恨少搔完了後腦又摸下巴：「倒是一時沒加注意……我一看跟烹魚無關，即隨手遞還張炭，張炭揣在懷裡，大夥兒都沒有再細看了。」

王小石心忖：這位書生倒是古怪，文字內容倒不講究，印刷刻本倒瞧得清楚。

「後來張炭是怎的給逮去了？」

方恨少道：「我們就且找了一家飯館，交廚子烹魚，吃了之後，大家都說要我跟你鬧鬧，張炭則說先去把書還給人家，我想，他是在半途給孟空空等人脅持了吧！後來八大刀王出現，挑戰閣下，一直打入了愁石齋，我們正想助你一臂，但那八名王八又一一退了出來，垂頭喪氣，一看就知道是戰敗了，我們正想進愁石齋去，但大門又攏了起來，那八個拿刀的不許我們進去，我們正要動手，這位白兄卻跟我們揮手示意，我們先且忍了下來。忽聽到後面有人說……」

白愁飛忽叱道：「是誰？」

方恨少詫道：「什麼？我是要說下去呀，你急什麼？」

只見一個瘦小的身形自牆角閃了出來，向白愁飛、王小石抱拳道：「屬下拜見副樓主、三當家。」

來的人是「小蚊子」祥哥兒，一臉機伶精悍之色，臉白得像冰鎮著的一樣。

方恨少這才知道白愁飛是喝問誰潛了進來，自己還懵然不知，全無感覺，不禁臉上一紅。

白愁飛峻聲道：「來作什麼？」

祥哥兒道：「蘇公子囑咐，副樓主要是沒有重要的事，請返風雨樓一趟，天泉山的湖水奔騰，樓主要和你商議對策。」

白愁飛揮手道：「好，我很快就回去。」

祥哥兒留在原地，並未離開。

白愁飛一揚眉道：「你還有什麼事？」

祥哥兒道：「蘇公子說：我就留在這兒，看看有什麼用得著處，請二位儘管吩咐。」

白愁飛不再理他，轉頭向方恨少：「你說下去。」

方恨少一愣道：「剛才我說到哪兒去了？」

唐寶牛不耐煩地道：「你說到那些書是什麼大黑口小黑口，什麼歐陽詢歐陽修的！」

方恨少怒斥道：「文盲！文盲！我哪是說到這裡！我是說到追拿張炭的人來了……」

白愁飛冷冷地道：「你既已知道，又何必要問我們正說到那裡？」

方恨少爲之語塞。

王小石岔開道：「來的人可就是孔雀樓上的兩名漢子？」

方恨少的話匣子打了開來，嘩啦嘩啦像倒水似的說了下去：「便是那兩個人，無聲無息地到了我們後頭，那落拓的漢子第一句就說：『史兄，咱們可有緣，偌大的京城，咱們一天見了二回。』你道張炭怎麼說？這黑炭頭兒還不知死，回頭笑著說：『商兒敢情口渴了吧？我這兒還有姓廖的朋友呢！』」

王小石忍不住道：「張炭惡人先告狀，可有點過份。」

方恨少逕自說了下去：「那兩人也不生氣，但有點著急的樣子，姓商的似有點想發作，姓夏的卻先向我們抱拳團團一揖，道：『想來諸位都是道上的朋友，群龍聚首於此地，咱兄弟二人也不敢掃了大家的雅興，只不過，我有一件東西，是要向這位小兄弟追討的。』說也奇怪，那八個窮凶惡極、趾高氣揚的什麼刀王，像蛇嗅了硫磺，全在那兒軟住了，誰也不敢吭一口氣，倒是張炭有種，他說：『你討回那本書是不是？我本就想送回給你。』」

方恨少說到這裡的時候，王小石與白愁飛互覷了一眼。

王小石沉聲道：「會不會是他們？」

白愁飛沉重地道：「看來是他們了。」

方恨少好奇道：「他們？誰？」

王小石溫和地道：「你且說下去。」

方恨少仍是道：「我知道了，你們猜著是誰了？我們開始也覺得奇怪，那姓商的還笑嘻嘻的問：『這書是你偷的？』張炭說：『借，不是偷。』姓商的說：『不問自取，是爲賊也。』張炭自有他的說法：『取後送還，是謂借也，何況向來偷書不爲賊。』姓商的說：『可是你並沒有送還。』張炭向那八名烏龜一指，道：『是他們阻撓了我。』姓商的橫了八人一眼，那八人臉色陣紅陣白，依然沒有吭聲。」

白愁飛淡淡地道：「他們當然不敢吭聲了。」

方恨少似對白愁飛沒啥好感，故不理他，逕自說了下去：「那姓夏的這時『哦』了一聲，目光也向那八人一轉，道：『有這回事？』見那八人不作聲，回問張炭：『你是怎麼知道我們有這本書的？』張炭忒是有種，把事情全往自個兒頭上攏：『我是行家，一眼就看出來了。』姓夏的奇道：『哪一行的行家？』」

「這次是姓商的扯了扯他，手腕一轉，五指一拿，作了個空空妙手的意思，那姓夏的頓時明白了，又打量了張炭一會兒，才道：『看來兄台沒拿咱們當朋友，閣下不姓史。』張炭見這兩人精明，只好道：『我姓張，拿了你們的東西，我認栽了，卻不知你們是怎麼追查到這兒來的呢？』那姓夏的微微一笑，向姓商的漢子一指，說：『有他在，誰也逃不了。』……」

王小石聽到這裡，道：「這個當然了。」

方恨少道：「對，我那時候也隱隱約約，記起一個人來了，卻一時想不起是誰。姓夏的又道：『那麼說，如果在下沒看走眼的話，閣下就是大名鼎鼎的飯王張炭兄弟了？』張炭這下可不由得他不掮上，只好說：『我看你們也不是姓商姓夏的。』姓夏的漢子大笑道：『是啊，咱們算來誰也沒騙著誰。』姓商的卻仍是問有關那本書的事：『你既是張炭，誰不知道是個俠道上的漢子，卻又何必窺視這部書呢？』張炭這回沒好氣的說：『一部小書，有什麼稀奇？有啥大不了！我見裡面所載，跟這魚無關，送我都不要呢！』於是把書遞回給他們，兩名漢子你望望我、我看看你，還是由那溫和的大漢收下了，落拓的漢子的神色也較鬆緩下來，說：『張兄弟，委屈你了，這事兒，因你而起，還是得要請你移樽到衙裡走一趟，例行公事，要請恕罪則箇。』」

白愁飛冷哼一聲道：「果然事無善了。」

唐寶牛在旁吼道：「他們忒地小氣，太過份了！誰貪圖他一本小書！」

王小石嘆了一口氣道：「恐怕就不是一本小書。」

唐寶牛呆了一呆：「你說什麼？什麼意思？」

方恨少打斷他的話：「當時老唐也是這般抗聲，說……姑娘，大水牛和我都想要動手。」

方恨少又道：「那黑炭頭兒不知哪來的靈感，忽止住我們，問：『敢問你們二位……可就是鐵二爺、崔三爺？』老唐在旁說：『什麼二爺三爺王八爺的，想扣我兄弟可不行！』那兩名漢子都欠身道：『我是鐵游夏，他是我三師弟崔略商。』」

祥哥兒在一旁「呀」了一聲：「鐵手和追命？」

朱小腰點了點頭：「四大名捕的老三和老二。」

方恨少道：「對呀，我一聽他們倆的名號，都愣住了，天王老子來都不怕，這兩人可是持正衛道、俠義仁風、鋤強懲惡、扶弱濟貧，可打不得也！張炭大概也是這般想吧？聽了便很沮喪地道：『不知是二位，冒犯之處，還請原諒，我就跟你們走一趟吧。』溫姑娘和老唐都想要動武，我說：『沈大哥說：不可與四大名捕爲敵！』那追命一笑道：『承謝，承謝。』鐵手則說：『只去銷案，很快便會送張五俠回來，我們都信得過他。』溫姑娘還不忿氣，張炭跺足叫道：『別動手，這一動武，咱們可真箇是目無王法了。』所以，我們才都眼睜睜地，看那姓鐵的姓崔的，押走了張炭……」

他說到這兒，自怨自艾起來：「都是我！不慫恿黑炭頭兒去偷書就好了！一人做事一人當，這趟衙門，該由我去的。」

王小石沉吟道：「如果是他們兩人，張炭這一去，倒不致有什麼大事……只怕，那冊書……」

白愁飛冷冷地道：「這叫咎由自取，怨不得人。」

方恨少怒道：「你這話是什麼意思？」

「沒意思，你聽不懂麼？」冷不防溫柔自旁「殺」了出來：「他說你們兩個糊塗蛋都該去坐牢！」

方恨少氣得耳朵又歪了：「妳……」

王小石向白愁飛道：「那對深陷石板上的鞋印，敢情是鐵手的了，也許是他剛到的時候，暗自提防眾人會動手，力貫全身，然而下盤功夫似不夠沉穩，以致得把真力導出，在地上踏了兩個足印。」

白愁飛道：「就是因爲他下盤功夫較弱，才洩露了他內力駭人，此人一身武功，都在一對肉掌上，真是個難以應付的人物。」

王小石道：「那麼，腳踏花瓣而無損的，必然就是追命了。」

白愁飛道：「只有他的輕功，才能夠真箇登萍渡水，輕若無物。」

方恨少聽得哼了一聲。

祥哥兒臉上也有一種不以爲然的神色。

白愁飛道：「樓子裡有事，我還得回去一趟；」遂而低聲向王小石道：「太師說過，你與龍八太爺聯絡的事，得要謹慎行事，一擊必殺。」

王小石點頭道：「看來，我也該去一趟衙裡，替張炭想想法子。」

朱小腰道：「顏老大奉命來調停此事，但遲到一步，他已趕去衙門了，我看以『金風細雨樓』之力，保出個張炭來絕非難事。」

王小石奇道：「奉命？奉誰的命？」

朱小腰婉然一笑道：「蘇樓主知道這兒出了事，便遣我們來了。」

王小石看看朱小腰、祥哥兒和白愁飛，笑道：「頃刻間即來了三起人馬，蘇大哥好快的耳目！結交到這樣的大哥，真是生事都出不了事咧！」

白愁飛卻深深地吸了一口氣。

王小石道：「二哥不同意麼？」

白愁飛道：「蘇大哥是強人，可惜對方是諸葛先生。」

王小石好奇問道：「二哥認為連蘇大哥也鬥不過諸葛先生麼？」

白愁飛道：「這倒很難說，不過，你要多加小心。」

王小石道：「我在放手對付諸葛先生之前，一定要做一件事。」

白愁飛道：「什麼事？」

王小石道：「首先，要退出『金風細雨樓』。」

「哦？」

「這樣，我所作所為，才不致連累『金風細雨樓』。如果失敗，是我一個人的事，要是能成，萬事都好安排。」

「這個……」

「二哥的看法呢？」

「嗯，……只是太委屈你了。」

「這是什麼話！我得要找一個理由，好表明非要退出『金風細雨樓』不可，寫成決絕書，還要勞你費心，替我呈上給大哥。」

「這個自然不成問題……你要動用的人手，我也會撥給你。」

「留下朱小腰……其他的我只要唐寶牛、方恨少就足夠了。」

「咦？他們……能幫得上忙嗎？」

「他們心地好，而且跟我有交情，若論武功，有魯書一、燕詩二、顧鐵三、趙畫四等人，還不足夠嗎？若動用『金風細雨樓』的兄弟太眾，難免會牽連上的，能免則免。」

「你說的有理……不過，現在一直揹著我們的該是趙畫四吧？」

「『踏雪無痕』趙畫四，以他的輕功，絕對可比追命三捕頭。」

「太師大概仍對我們有點不放心吧？」

「這是生死大事，難免得要小心謹慎。」

「所以營救張炭你還是不宜露面的好。」

「你在什麼時候發現他在簷上的？」

「剛剛。」

「我也是剛才。」

「果然好輕功。」

「就由他跟著吧……」

他們二人說這一番話的時候，原是把語音壓得十分之低，不會有任何旁人聽得見，溫柔卻看不過眼，叫道：「哈！我發現了一個秘密！」

兩人頓停止了說話。

白愁飛不友善地望向溫柔。

溫柔沾沾自喜的道：「原來這世上不止有八婆，也有八公的！」

「我以為只有女人才咬耳朵，竊竊私語，小聲說人聲笑；」溫柔繼續她的得意洋洋：「現在我才知道，什麼英雄好漢，也都一樣！」

白愁飛聽了她一番話，沒好氣地向王小石道：「我這就先行一步了。」然後低聲跟王小石疾道：「若要多瞭解四大名捕的事，不妨先去瓦子巷看看。記住，能忍則忍，以大事為重。」遂而吩咐祥哥兒在此候著王小石的信，他自己則先行離去。

溫柔見白愁飛說走就走，又氣噘了嘴，很不高興的跺著腳，彷彿要跺死地上的一二三四五六七八隻螞蟻的樣子。

王小石看得心中微喟。

「他往哪裡？」溫柔問。

「回風雨樓。」

「我們不去麼？」溫柔再問。

「先不回去，」王小石說：「張炭的事，想老練能幹的顏聖主必能解決，你們可願做些事兒？」

「什麼事？」這次是方恨少問。

「大事。」

「跟誰做？」這回倒是唐寶牛問。

「我。」王小石指了指自己。

「跟你做大事？」唐寶牛又興致勃勃起來了：「這樣子的事，最適合我們做……」

這次他的話還沒說完，溫柔已興高采烈的問了下去：「快告訴我，到底是什麼事兒？」

十三 信

王小石只給了一個這樣的回答。

「這件事情，你們要做，就不可以退縮，不做，亦不勉強，但不要問我是什麼事，非到該說的時候，我是不會說的。」然後，王小石又問：「你們幹不幹？」

「我幹。」唐寶牛第一個道。

「我也去。」方恨少說：「大家都那麼信任你，我怎能不信你？」

「這種好玩的事兒怎能缺了我？」溫柔似笑非笑的道：「就算我不信那隻鬼見愁，也會信任你這顆小石頭。」

於是，他們都去。

不論王小石要做的是什麼事。

他們會跟著去做。

原因：只爲了信任。

信：是一種依憑，也是一種寄託，沒有它的人會很孤獨，有了它的人則很堅定。它在一個人身上發生，那是因爲他性格上的光輝；如果它在一個人身上消失，那便是人格上一種無可彌補的缺憾。

他們信任王小石。

所以他們毫不考慮便跟隨了他。

——可是王小石現在要做的事，真的值得他們這般信念不移嗎？

——如果王小石在他們面前失了信，這些朋友兄弟又會怎麼想？

◇◇◇◇◇◇

王小石要殺諸葛先生。

要殺諸葛先生之前，先要部署。

部署的第一步，便是退出「金風細雨樓」。

——無論王小石的成與敗，諸葛先生的生與死，都與蘇夢枕、白愁飛等無涉，自然，也追究不上「金風細雨樓」。

當然，如果行刺成功，論功行賞，受惠的自然少不了「金風細雨樓」。

所以王小石第一件要做的事，便是信呈蘇夢枕。

信的內容是：

退出「金風細雨樓」！

信已成。

王小石的文筆本就揮灑自如。

要退出「金風細雨樓」，必定要有藉口。

一個人如果要「背叛」他的上級，「不服」永遠是最有力的理由。

——他不服蘇夢枕，自認爲不該只當「三當家」。

——他不服蘇夢枕所領導的「金風細雨樓」，不贊同他暗裡支持在朝廷裡諸葛先生的派系。

——他不服溫柔爲何只喜歡跟自己鬧在一起，而偏對白愁飛情有獨鍾！

「不服」，便是理由。

王小石覺得振振有詞，大致可以瞞天過海。

直寫到第三點的時候，王小石心中一動：到底自己有沒有真的這樣想過呢？宣紙上墨漬未乾，他提著筆，一時沒寫得下去，就這樣呆了一陣。

窗外雪意濃，這一兩天裡，大概會下場大雪吧！

這種雪一旦開始，就不易止歇。

至少，寒意在短期間是不會消散的。

齋室之外，可見酒樓妓館，真箇是極盡豪華。在燈昇暮降之際，仍見一片繁盛景象，真箇是三面相通，五樓相向，各有飛橋欄檻，明暗相通，珠簾繡閣，燈燭晃耀。

是時，西夏寇邊，遼軍進侵，金勢日猖，盜賊蜂起，浙江方臘，起兵作亂，數逾二十萬人，淮南宋江，以三十六人起事，威行河溯，轉掠十郡，無可攖其鋒，而君主荒淫，奸臣當道，侈靡日盛，國勢日衰。

——這是一場奢豪的迷夢，還是悲落哀涼的現實？

（大概我亦有這般想過吧？不然，怎麼會在無意中把溫柔的態度，也列成了第三項理由！要真的是這樣，我實在是個卑鄙小人，愧對白二哥。）

王小石仍縈繞著這在心頭裡的耿耿。

（看來，這個冬天會很漫長吧！）

（這個冬天，將會很冷的吧！）

（溫柔可是個怕冷的女子呢！）

這一恍惚間，硯上的墨汁又凝結了。

王小石動手磨墨，把信寫好，交給祥哥兒，速呈蘇夢枕；他相信在這時候，白愁飛已把一切細節與轉折，稟知蘇大哥了。

王小石寫完了信，把「愁石齋」裡的字畫捲了起來，好好的擺放著，然後關上了門。

溫柔、方恨少、唐寶牛這一干舊雨新知，會在瓦子巷薑行附近的戲台下等他聚合，一起去做一件事——一件足以撼動京師、震驚朝野的大事。

（同時，戲台上也做著大戲吧！）

（不知是唱曲還是雜劇、說書還是傀儡戲呢？）

（我們自己的戲，也該上台了吧？）

——不知道大哥收到我的信的時候，今天的第一道雪下了沒有？他的第一道命令下了沒有？

——他映著爐火，在綠樓西窗前展信而讀時，是怎樣的一種心情呢？

白愁飛自祥哥兒手上接到了信的時候，信並沒有封口，白愁飛先行拆閱。

然後他說：「可以了，你去吧！」

祥哥兒覺得有些奇怪。

可是他不敢問。

他有一種奇特的感覺。

他覺得白愁飛在笑。

就算他外表一點笑容也沒有，但他內心一定是在笑著的，爲何他不流露出絲毫笑意呢？奇怪的是，祥哥兒想到這一點的時候，心裡竟生起了一種不寒而慄的感覺。他也不明白自己爲何會有這種感覺。

◇◇◇

王小石在赴瓦子巷之前，還是決定先去一個地方。

那就是直赴大理寺監獄，探聽張炭的安危。

王小石總覺得張炭被捕的事，可大可小，而被張炭無意中偷到手的書，也必有蹊蹺。

這段日子以來，王小石跟好大喜功、愛充英雄的唐寶牛，和膽小怕事又常惹事生非的張炭，已結成兄弟一般的莫逆之交。

——兄弟有難，怎能袖手旁觀？

這便是江湖人的原則。

王小石寫得一手好字、作了不少好詩、又能洋洋灑灑的寫文章，他的武功高、劍法好、刀法也一流，他可以說既是文人，又是武人，但更切實的是：他是江湖人——正如人無論做什麼職業，都只是兼職，一個人真正的終生職業，當然是做人。做人才是人的「本行」。

當好一個「江湖人」，才是王小石的「本份」。

他決意要先去探張炭。

——人的一生，往往是由一些看來不重要的選擇或決定所改變。

在黃鶴樓下，由於他多望了幾眼，便認識了白愁飛，致使第一次與「六分半堂」對敵。

在漢水畔，因多看了一瞥，便結識了雷純，首次與「迷天七聖」的人爲敵。

在苦水舖廢墟裡因一場雨，而救了蘇夢枕，並與他同赴三合樓，還成爲了「金風細雨樓」的三當家！

——這一回呢？

◇◇◇

誰知道？

◇◇◇

——誰也不知道生命之流把人載到什麼地方去？

也許生命的存在，便是要人繼續做自己不能控制的事。

人活著也許便是爲他自己製造麻煩，或爲他人製造煩惱。沒有麻煩，就不是人。

如果這是真理，把「痲煩」二字換成「歡愉」，整個人就會輕鬆得多，有樂趣多了！

可惜任何快樂，都得付出代價來換取。

有時候，代價實在是太大了。

就像有些貨品一樣，代價太昂貴了，便叫人買不起。

快樂也是如此。

所幸真正的快樂，反而高價難尋，只能在內心裡才覓得。

只是怎樣從自己內心深處，把快樂釋放出來，也是門艱深的學問：首先要自足，然後要存善，接著要看破，還得要放開，才能得到自在。

千金易得，快樂難求！

◇◇◇

蘇夢枕一向都不是個快樂的人。

他的神色非常陰鬱，加上他一直有病，所以更活得像眼裡的兩盞鬼火一樣，身子消瘦得幾近失去了影子，只剩下雙頰蒼青裡的兩掩酡紅。

——那大概是病火在體內的筋絡燃燒吧？
自從他斷了一腿之後，神情更有一股鬱勃難伸之意。
現在他的眼神更添了一層不快樂。
除了這一點點之外，白愁飛就再也觀察不出個所以然來了。
蘇夢枕剛剛讀完了信。
王小石的信。
他放下了信，就置於膝上了，寒火般的雙目，望向窗外。
遠處是青山。
近處是重樓。
山外青山。
樓外樓。
他看完了信，很疲倦，像是在忽然間老了十年。
他坐在一張高大而奇特的木椅上，這椅子全是用長短不一的木塊砌成的。
每一根木頭都是直的，這椅可臥可靠，但卻並不十分的舒適。
（蘇夢枕的權力，在京城裡已是道上第一了，他爲何還要坐這種古拙而不舒服的椅子？）

（其實，除了龍椅，他什麼椅子都坐得起。）

（——也許，蘇夢枕選這張椅子，就是爲了要讓自己不會感到太過舒適，唯有還覺得不適，才會提高警覺、奮發圖強。）

（以蘇夢枕今天的身份地位，已不能敗：他「站」得太高了，而且在爬往高處的過程裡，已弄得他遍體鱗傷，如果突然栽倒下去，只恐怕不但難以全身，也難以活命了。）

白愁飛看著這個孤獨而寂寞的人，心裡忽然有許多複雜的感覺。

其中的一個感覺是：

——如果坐在這張椅子上的是他，不知自己又會怎麼想呢？

「湖水又漲了，總有一天會泛溢出來的！」蘇夢枕悠悠地說，忽然加問了一句：「你在想什麼？」

白愁飛神色不變的道：「我在想，三弟爲啥要這樣做呢？」

蘇夢枕長長地一嘆。

「也許，他真的是這樣想，」蘇夢枕眼裡孤寞深寒之意又厲烈了些：「人只會做他所想的。」

「人有時候也會做一些他不想做的事，他會不會是被迫的呢？」白愁飛哀傷地道：「他俯傾於權重天下的太師蔡京，自然不喜我們支持諸葛先生了，我真不明白，小石理應不是這種人。」

蘇夢枕忽用手捂住左胸，臉色慘灰，雙眉糾結在一起。

白愁飛這才發現，蘇夢枕在近半年來，眉毛脫落了不少，頭髮也稀疏了。

良久，蘇夢枕才咳嗽起來，而又似把心肺都嗆出來的咳嗽。

然後，蘇夢枕才很輕很輕的問了一句：「老三他什麼都沒跟你解釋？」

白愁飛發出一聲悠悠長歎。蘇夢枕也不再言語，他看著樓外斜飄的雪花，好像化身爲湖邊的枯樹，在守候整個冬天的寒寂。

◇◇◇

王小石一到大理寺監獄，顏鶴髮就一把拉住他，很有點氣急敗壞。

王小石一見他樣子，就問：「出了什麼問題？」

以這一干人在京畿城臥虎藏龍的高手裡，顏鶴髮可以說是年高望重，他既是「迷天七聖」裡的大聖主，而在「七聖盟」潰敗後，他隨即加入「金風細雨樓」，同樣享有相當的權威，武林同道自是一向都敬之畏之，而官場上的朋友自也不致不給他顏面。照這樣看來，這事兒連人頭熟、人面廣、手段高明的顏鶴髮也解決不來，王小石不免有點訝異。

「張兄弟一進這兒來，本來就要吃苦子的，我攔住了，但放人他們卻不敢拿主張。」顏鶴髮無奈地道：「這是四大名捕拿的人，誰也不敢擔待，誰也不敢擅釋。」

王小石眉毛一振道：「四大名捕好大的威風！張炭犯的不是啥大不了的事，還得餵他苦頭嚐嚐，也可沒把風雨樓瞧在眼裡了，現在是哪一位名捕大爺當的值？」

顏鶴髮也嗤笑道：「鐵二爺和崔三爺把人押進來就不理了，現在是冷四爺手下的案子，他鐵面無私、六親不認，誰的帳自然也不認了。」

王小石心中有氣：「冷四爺？冷血？」

顏鶴髮說：「自是他了。」遇上四大名捕，饒是他天大的顏面，也沒法處理。

王小石哼嘿了一聲：「我倒要拜會拜會這位名動江湖的使劍第一勇士。」

「他還沒來呢！」顏鶴髮道：「張炭還收押在牢裡。」

王小石遲疑一下，道：「我得先見見張炭。」

顏鶴髮道：「這倒不成問題。」他早已打點了刑部司門郎中，司獄官也大都買顏鶴髮的帳，王小石進入了收押疑犯的羈室，先與張炭會面。

顏鶴髮本要一道入內，王小石知張炭向來胃口奇佳，入獄後必填不飽肚子，便要顏鶴髮再去準備一下。

俟顏鶴髮匆匆去打點一切之後，王小石便走入牢裡。

這是他第一次走入一座監牢。

◇◇◇

——你進過監牢嗎？

如果你入過監獄，便可以知道那是一個怎樣的非人世界。

這裡非人間。關的是一些失去自由、絕望的人。病菌在空氣裡蔓生，有的是含冤未申而收監的，有的根本因獄訟羈留不決，按讞不實，致被長期扣押在獄，奏案累牘，疏駁歲月，公文輾轉遲回，延滯腐敗，而長吏既不親決，胥吏又旁緣爲姦，滋蔓踰年，日久既生。王小石自入江湖以來，多識得各路市井英雄，受刑入獄的漢子也在所多有，一早已風聞種種監獄裡令人心酸心寒的情形。

他絕不願見自己的好友落在監牢裡。

——何況那是一條漢子！

——更何況張炭犯的不是什麼大不了的罪！

十四　人生到此，可以一死

顏鶴髮打點停當之後，王小石已跟張炭談了好一會的話，王小石見顏鶴髮回來，劈面就說：「不行，張老五不能留在這裡。」

顏鶴髮一呆，道：「總要留個三五天吧，四大名捕不會這麼快就放人的。」

王小石道：「我聽張五哥說了，他曾動用過道上朋友的力量，跟唐寶牛越過獄，他若再待在此地，給刑部的任勞、任怨發現了，只怕就兩件案子一齊審理，苦頭可大著呢！」

顏鶴髮苦著臉道：「這個……」

只聽一人冷冷地道：「什麼這個那個的，這人當街偷書，像什麼話！還得要押一段時候！」說話的人年輕貌俊，整個看去，他的臉像花崗巖上雕出來的，深刻分明，但又給人一種冷峻堅忍的感覺。

他腰上一柄劍，窄、細、利而無鞘，布衣芒鞋，精悍得像一支標槍，全身沒有一分多餘贅肉，一雙眸子，熱心而冷澈。

站在他身旁的刑房書辦忙著引介：「這位就是冷四捕爺，冷爺，這位、這位就是……京城裡武林道上的名宿顏鶴髮老爺子……還有這位……這位就是……喏……是……」這位刑房書辦雖有意搞好眼前幾人的關係，奈何口才實在不能算好，囁囁嚅嚅的半天，卻沒能把話說完。

王小石一見到這個人，就生起了一種奇特的感覺：他必定會跟這個人交手的，而他相信在這一霎間，這人也有這種感覺。

冷血剔起一條眉毛：「王小石？」

王小石雙肩一聳：「冷捕頭。」

冷血的大眼睛閃著光華：「聽說汴梁城裡葫蘆衕裡的『愁石齋』，有一個書畫文武全才，加入『金風細雨樓』才不過三天，便教『六分半堂』兵敗人亡，然而又自甘淡薄，人在陋巷，守志不移，便是閣下吧？」

王小石一笑道：「冷捕頭一個人一把劍、天下奸惡，無不聞名喪膽，我這些見不得光的小作爲，算得了什麼？只求冷爺高抬貴手，這位張兄弟也是黑白二道叫得響字號的人，但在前些時候受過了些折磨，得了風寒，待在這兒，萬一生了意外，有點不好料理，不如就瞧在『金風細雨樓』的份上，也賞我幾分薄面，就叫他簽保候傳吧！我可以人頭擔保，屆時他必到案，冷捕頭以爲呢？」

冷血濃眉一軒：「你要我私下縱放？」

王小石聽他的語氣，亦知事無望了，也把語音一沉道：「這只是察情定案。只是張兄弟也沒犯著什麼大罪，按律例應可飭回待訟，我是向冷爺求個人情，行個方便而已。」

冷血冷哼道：「我可不是方便佛，你問問你的朋友，他可是向什麼人偷盜來著？」

王小石只好忍怒道：「他事先不知是兩位捕爺，並非蓄意冒犯虎威。」

冷血依然不放鬆：「他偷的是什麼書，你可知道？」

其實王小石也亟欲知道，正想趁機藉話題問個清楚，不料張炭卻光了火：「我偷的是皇帝老子那個花花公子御書房裡的春宮圖素女經！」他可都豁了出去：「這算什麼？就判死罪不成!?」

張炭破口大罵，王小石可一時約束不住，顏鶴髮急得直跺腳。

冷血森然道：「你可聽見了？」

王小石只好低聲下氣的道：「他可是有病，神智不清，務請別見怪。」

張炭尤自憤然，在牢柵裡叫道：「我哪兒都沒病，我的耳朵倒有毛病，聽來什麼四大名捕秉正俠烈，全都是吹不脹的牛皮。」

冷血冷然道：「他這些話，如果奏報上去，可不只是殺頭的罪。」

王小石沉住氣道：「請冷大人恕罪，他只是一時意氣。」

冷血嘿然道：「這我可作不得主。」

王小石道：「你不報上去不就得了。」

冷血望著他肩上的那一截彎刀形的劍柄：「除非你讓我試試你的劍。」

王小石道：「我這把劍只是用來裝飾的，因怕遭行劫，自己膽小，便提一把劍來唬唬宵小之輩，怎敢在冷四爺這等劍術名家前獻醜！」

冷血待他說完，又道：「聽說你的劍，同時也是刀？」

王小石苦笑道：「我是個學刀不成學劍無功的人。」

冷血道：「拔你的劍。」

王小石詫道：「什麼？」

冷血一字一字地道：「拔你的劍或刀，咱們來上一場，你要是贏得了我，這犯人便由得你帶走。」

王小石知道「小不忍則亂大謀」：「我萬萬不是閣下的對手，動兵器只是自取其辱。」

「你也不必過謙了，就算你不拔劍，我也會出手。」冷血平板的語音，有一種說不出來的冷傲：「或者這樣也可以：如果我三招不能逼你拔劍或傷你、敗你，這人你也可以保出去，如何？」

王小石心中頓時一動，口裡仍說：「我這是萬萬不敢，四爺是官差大爺，我是一介白丁，萬一冷爺指派我個不是，我豈非也惹上官司了？」

冷血決然道：「是我逼你動手，絕不派你的罪，你能在我三招內不動傢伙，那就算是你贏了，人可以帶走，何不試試？」

王小石心中大動。

——正要觀察一下四大名捕的武功。

——這也是一種「知己知彼、一探虛實」。

——冷血是四大名捕裡最年輕而武功又是較弱的一個，自己有此天賜良機，何不趁此秤一秤他的斤兩，至少可對其他三位名捕及諸葛先生，可以有個更平實的估量。

（試一試就試一試。）

冷血眼裡似有了笑意。

尖銳的笑意。

與其說是笑意，不如說那是強烈的戰志。一種不敗的鬥志，使其容顏發出一種幾近笑意的鋒芒。

「怎樣？」

「三招？」

「其實一招便可以了。」

「三招不夠，」王小石也笑了，道：「你還不足以令我拔劍。」

他笑笑加了一句：「三十招吧！」

他這句話一出口，連顏鶴髮都替他捏了一把冷汗。

◇◇◇

冷血看了他好一會，居然道：「你說的是，那麼，就執中兩用，七招吧！」

「你攻七劍，我不動兵器，你便釋放張炭？」王小石小心翼翼的多問一遍：「你爲什麼要我動手？」

「你放心，我是試試你的武功，不會要你的命，」冷血道：「我第一眼看見你，就知道我們非一戰不可。」

他的嘴角一牽，就算作是笑：「反正如你所言：這位張兄也沒啥大不了的罪！」

王小石也有這種感動。

他們就像在一個無樊籠裡的兩隻猛獸，爲求爭取生存下去，就非要拚個你死我活不可。

——就算不分死活，至少也要定高下。

「好。」王小石捋起長衫下襬，斷然道：「只要你不反悔。」

「我說過的話一定算數。」冷血道。

「我相信你，」王小石道：「因爲你是四大名捕。」

「要是你敗了，或動了兵器，也得告訴我一件事。」

「什麼事？」

「你的師父到底是誰？」冷血說到這裡時，不再看王小石。

他只是盯著王小石的劍。

王小石忽然覺得手背有點疼。

他幾乎想要從劍柄上縮手了。

可是他強行忍住了。

——是冷血的視線，竟讓他手背有針刺的感覺？

——眼前的這個人，尚未拔劍，眼裡已發出了首道劍芒。

——拔了劍以後又怎樣？

◇◇◇

（那不是劍）

（那是一種感覺，死亡的感覺！）

（他從來就沒有感覺到死亡如此地逼近，會逼得如許之近！）

（從來沒有過！）

（他疾閃、翻身、激射——剛剛才立定，死亡又第二度逼近！）

（這使他幾乎忍不住要拔劍——或者拔刀，來砍斷、截阻、粉碎這死亡的侵略！（

（可是王小石忍住了。）

（強忍。）

（死亡自喉嚨的右側，相差不到三分處掠過，然後又迅即兜射了回來！）

（死亡第三度逼近！）

（他一閃就閃進了牢柵裡。）

（牢柵當然不可能讓人隨便進出，其間格之密也不可能讓人進出，但他這麼一閃身就進去了，誰也不知道他是如何「擠」進去的！）

（可是死亡也跟著追了進來。）

（死亡第四度又找上了他。）

（他立即撞了出去。）

（鐵柵爲之拗彎。）

（但王小石並沒有擺脫死亡。）

（死意仍然距離他一步之遙。）

（甚至已達到了不到半步之近。）

（他大叫一聲，霍然返身，一手抓住了死亡。）

（死亡是抓不住的。）

（他明明抓住了死。）

（可是死亡又同時疾收回去了。）

（他手裡一片潮濕，血湧了出來，滴在地上的聲音清晰可聞。）

（死亡又自另一角度迴刺了過來。）

（第六度，死亡又以全勝的姿態要覆蓋他、籠罩他、吞噬他。）

（看來他已不得不拔刀、亮劍了。）

（他已沒有選擇。）

（只是他還有一個沒有選擇中的選擇。）

（他搶攻。）

（他搶攻向死亡。）

（他攻不進死亡，死亡已經是死亡，死亡不死，死亡不亡。）

（只不過死亡卻也給他逼退了。）

（只不過被逼退的死亡又立即以更威皇的姿態倒捲了回來。）

（強大無匹唯死無他。）

（這樣強烈的死志，令人頓生：人生到此、可以一死的感覺。）

（王小石已沒有路。）

（既沒有退路，也沒有活路。）

（除非拔劍、出刀。）

（只不過一旦拔了刀，出劍，便算是輸。）

（張炭便要待在牢裡，任勞任怨絕不會放過他的。）

（死亡將臨。）
（死亡已逼近眉睫。）
（唯有出刀。）
（唯有拔劍。）
（不出刀，只有死。）
（不拔劍，一定亡。）
——王小石怎麼辦？
他怎麼應付？
——誰能對付死亡？戰勝死亡？

◇◇◇

誰都不能夠應付死亡。
王小石也不能。
他不能拔劍，不能出刀。
但他能做一件事。

——什麼事？

冷血大叫一聲，刺出去的劍急回反封，「噹」的一響，一枚飛石碎爲十數塊，箭般四射，落在丈外、欄外、檻外。

王小石沒有拔劍。

他始終未曾出刀。

他只是發出了暗器。

暗器就在他襟裡。

——飛石。

王小石的石。

冷血憤然收劍：「很好！」拋下這兩個字，他便大步而去，再也不回頭。王小石雖然沒有拔出武器，但他發出了暗器。但是冷血並沒有爭辯。

——是他認爲暗器並不是武器？

——是他覺得已試出了王小石的武功深淺？

——還是他已不想贏，抑或是爲了守信？

◇◇◇

冷血出去之後，就有個獄卒進來，恭恭敬敬的替張炭解除枷鎖。

張炭自然認得他。

——他就是大牢裡叫「豬皮蛋」的痳子獄卒，也是道上的人物。

張炭曾經在牢裡承過他的情，所以對他也很客氣恭謹。

「豬皮蛋」低聲笑道：「你來這兒，也真是來去自如的啊！」言下，似有些不勝羨慕之意。

張炭知道這次完全是因爲王小石，他才有機會重見天日的。

他想上前去謝王小石的時候，才發現王小石在看自己左掌心。

他的手心盡是汗。

——冷汗？

他的右手還淌著血。

——他在看掌紋？

（一個人在看掌紋問命運的時候，是自己感到對前途將來惶惑及沒有把握之際，莫非王小石的心情也是這樣？）

——（是不是這樣？）

——（爲什麼會這樣？）

至少現在張炭並不能理解王小石爲什麼會這樣？

◇◇◇

張炭望著顏鶴髮，顏鶴髮也回望張炭，他們都不知應該怎樣。

直至王小石說：「我們到瓦子巷去。」他的語音，非常凝重。

十五　欲笑翻成泣

瓦子巷當然不是賣瓦的地方。

這是個娛樂場所的集中地，「夜市直至三更盡，才五更又開張，要鬧去處，通曉不絕」，真是個「不夜天」，其熱鬧程度，已到了「車馬闐擁、不可駐足」的地步。

到了瓦子巷，雪意外的提早止歇了，可能一會兒還要下呢！

王小石以爲愛熱鬧的溫柔、唐寶牛、方恨少、朱小腰等人必是在看戲。

誰知道不是。

方恨少等人都在生氣。

王小石再到遲一步，他們就要鬧事。

——原來他們發現在這繁榮喜鬧的巷子裡，經營生意的人都沒有什麼喜樂的神色，細問之下，才知道今天是「抽行頭」的日子。

「抽行頭」便是交錢。

交的不是稅賦，而是這地方的「人頭帳目」：就是「堂花」和「粘頭」。這跟飛天光棍、地痞無賴詐人錢財沒啥兩樣，只不過這些錢比暗來黑往的市井流氓刮得還緊，因爲這是「官家」要的。

——官家本來就有夏秋二稅，還有雜項錢，包括了目椿錢、板帳錢、頭子錢和牙契錢，而今這個經制錢，說是爲軍費而籌的。主事的人竟然是刑捕班房的人。瓦子巷裡的人，每到要交課銀的時候，自然都愁眉苦臉：贏利本微，甚至血本無歸，而今又加橫徵暴斂、貪得無厭，這年頭的生意是越來越難做了。

「豈有此理！」方恨少忿忿地道：「怎麼會有這種不成文的商稅！」

「這不是逼人造反麼？」唐寶牛更氣。

王小石問：「你們怎麼知道這是四大名捕私下所徵斂的新稅？」

「一般收稅的是場務，而今卻由三班捕房的人來越俎代庖，更加雷厲風行了。」朱小腰答：「我們剛才問過幾個人了，的確不是四大名捕的主意，而是神侯府策動的，試問誰敢不從？」

王小石望了朱小腰一眼。

朱小腰並不避開他的眼光，這種毫不避諱的回望自具魅力。

在燈火樓台的照映裡，朱小腰的美帶點媚色。

「楚腰纖細掌中輕，落魄江湖載酒行。」王小石突然問了一個毫無關聯，甚至可以說是十分唐突的問題：「妳是個女子，多年來在江湖上冒寒受霜、出生入死的，妳不會覺得累嗎？」

朱小腰一對美目，居然眨也不眨，仍在瞧著王小石，她想也不想便答：「你是勸我早些兒找個好人家嫁了算吧？」她有些倦乏似地笑了一笑：「第一，像我這種女子，誰敢娶我？第二，像我這種女人，看得入眼的男子本就不多。第三，誰說女人一定要嫁人的？第四，人在江湖，固然是累；離開江湖，則不如一死。寂寞，是會死人的；孤獨殺人，比刀劍尤甚。」

然後她問王小石：「我的意思，你聽得懂吧？」

王小石卻在此時又反問了她一個毫不相干的問題：「溫柔呢？」

在這群朋友裡，最愛熱鬧、最聒鬧、最好玩的溫柔，怎麼反而在此喧鬧場面裡沒了聲息？

朱小腰幽幽一嘆：「溫柔？她在紗行前的楹樹下，」她眼波流轉，加了一句：「你要知道，她在哭。」

「哭？」王小石這回很有些震動：「爲什麼？」。

「西樓月下當時見：淚粉偷勻，歌罷還顰。恨隔爐煙看不真。」朱小腰似笑非笑，饒有深意的輕聲吟道：「別來樓外垂楊縷，幾換青春。倦客紅塵，長記樓中粉淚人。」

她見王小石有點痴，便柔聲膩道：「去吧，自古多情空餘恨，何必真的要等到情到濃時情轉薄呢？」

王小石在這一刹間有一種很奇異的感受。

燈色盈盈，雪意淸淸，人們互相呵暖，鑼梆喧天，人頭擁擠，連悽冷的星月也熱鬧了起來，可是在這個燈火闌珊處，誰才是那個、江湖以外、想念的人？

——假如真的要行刺諸葛先生，成少敗多，九死一生，人生在世，卻未曾跟自己心愛的女子訴說過心裡的話。

王小石忽然有一種衝動。

他想見溫柔。

——問她爲什麼哭？並且把自己的感受，一一告訴她。

在江湖上、風塵裡，有一個可以傾吐的紅顏知己，總是好的。

於是王小石去找溫柔。

唐寶牛卻是不明。

他既聽不明白，也看不明白。

「你們在說些什麼？他去做什麼？我們待在這裡幹什麼？」唐寶牛一串問題隨著一疊聲的不耐煩：「我們都勸溫柔不得，他去又有何用？我們不是要幹大事嗎？怎麼擺佈我們在這裡喝西北風？」

「別吵別吵！你不能，焉知別人不能乎？」方恨少一副很懂事理的樣子，斥道：「大惑者終生不解，大愚者終生不靈，老聃說的就是你這種人了。」

朱小腰幽然接道：「這句話是莊子說的，出自『天地篇』，與老子無關。」

「是是是。」方恨少居然臉不紅、氣不喘、耳朵不歪地道：「我就說嘛！老莊本就一家。」

「對對對。」唐寶牛見報仇時候到了，學著他的口吻說：「我也說過，方恨少和方唐多本就是同一個意思。」

方恨少一愣，奇道：「方糖多？」

唐寶牛肯定地點首道：「對，荒唐的荒！」

◇◇◇

王小石卻在他們喧鬧中，繞過薑行和果子行，到了楹樹旁，楹樹上結著花，青白顏色，花瓣狹長，風過時，每一朵花像在月下旋舞的小風車，花落紛紛，比雪更曼妙。

溫柔輕泣。

她在樹的背面。

這兒熱鬧非凡。

就這樣背過去，快樂與輕泣，彷彿就成了兩個世界。

王小石站在溫柔的背後，見她微微抽搐的雙肩，跟平時調皮活潑鬧得雞犬不寧的她頓成兩個人，這般的柔弱無依，反令他無從勸慰起，只在心裡倍增憐惜。

一朵花，旋呀旋呀的旋舞著落了下來，王小石不經意的用手接住，這一絲聲息無疑驚擾了溫柔。

「你來了？」她嗔喜地道：「可是你剛才又要走！」

她回過頭來，珍珠般的淚猶掛在臉上，見是王小石，愣住了：「怎麼是你？」

王小石心頭一陣涼冷，直寒到指尖去了。

可是他見到溫柔臉上的淚痕，把她的容顏映襯得像個小孩子一般，心就軟了。

「白二哥剛才來過？」

溫柔低下了頭，很不開心的樣子。

王小石柔聲問：「怎麼？二哥欺負妳了？」

「他是來找你，不是找我，」溫柔愀然不樂：「他一直都是這個樣子。」

「二哥可有留下什麼話？」王小石問。

「他只叫你依計行事，不必憂慮，」溫柔扁著嘴兒說：「總堂那兒他會料理，要你放心。」

她傷心的又說：「他就不知道我不放心，我一直都不放心。」

王小石溫聲道：「那妳不放心什麼？怎麼連我都不知道？」

「我不放心他嘛！」溫柔的淚又開閘似的簌簌落了下來：「他從不關心我……你說，小石頭，我是不是很惹人厭？」說著，又哭了起來。

王小石聽得心都酸了，用手去輕拍她的柔肩：「唉，別哭別哭，溫柔別哭。」

溫柔索性伏在他肩上痛哭，眼淚鼻涕盡在他襟上揩：「我是不是很討厭嘛？我就知道……沒有人喜歡我……大家都忙來忙去，就我一個，啥忙都沒我的份兒……」

王小石一時不知所措，只好輕輕的抱著她，這惹來好一些路人的注視：「這算什麼！世風日下，男女禮防，全不顧忌！」「親熱也去別的地方親呀！眾目睽睽的，真是寡廉鮮恥！」「嘿！嘖嘖嘖，老澤，這兒好看著哩！」「喂，小鐘，這玩意你看不得，快走！快走！」

王小石也不去理這些無聊的人，只低聲道：「溫柔不要哭，我這兒不是正要幹大事麼？妳也一起來呀！」

溫柔抬起一張美臉，珠淚映著燈輝閃亮，還在問：「我討不討人厭呢？小石頭。」

王小石只好說：「溫柔一向最討人喜愛，人家疼惜還來不及呢！」

溫柔眼中閃過一片光亮，忽又黯然了下來：「可是……那個鬼見愁總是不理我。」

「他沒理你，可不就是不喜歡妳呀！」王小石勸慰的說：「他也沒不理妳，他只是事情太忙了。」

「他……會不會也喜歡我呢？」溫柔仍蘊著淚光的眼眸又閃動著美麗的希望。

「他當然喜歡妳了。」

「真的？」溫柔歡喜得笑出聲來，可是眼色又黯了下去：「你騙我的，他只喜歡純姐，才不會喜歡我……」

「才不呢！」王小石只好勸慰說：「他常在我面前提到妳……」

「他提我？」溫柔奮悅了起來，泡著兩汪眼淚，掛著兩行淚痕：「他提我什麼？」

「他提妳……是個很好的女孩。」王小石覺得每說一個字，彷彿都在自己心口裡擂上一記，這一口氣說下去，反而不覺得痛了，感覺都似麻木了：「他很喜歡妳，只是他太忙，過一段時候就會常常陪妳玩了。」

「是這樣的嗎？」溫柔好高興，一個女子在戀愛的時候特別美麗，王小石現在都看到了：「我才不要他陪我呢！你告訴他，他專心專意的忙吧！我絕不妨礙他的，也不……怪他的。」她如此地爲白愁飛設想了起來。

「你知道嗎？我好傾慕他呵……他總是不在乎的樣子，傲慢得像眼裡沒有別人，大概他看得上的只有蘇師兄和你，以及還有純姐吧……好險，我差些兒誤會了純姐呢！」溫柔吐了吐舌，她渾身都像發著光，一舉一動都讓王小石覺得心疼難耐：「這些我都從未告訴過第二個人，我只告訴你……」

她撒嬌的扯著王小石衣襟說：「你可要答應我，不許你告訴別人的呵！」

（爲什麼妳要告訴我呢？）

（妳可以告訴任何人，這世上沒有一個人像我這般不願意聽……）

（但我會聽。）

王小石惘然一笑。

「不許笑。」溫柔玲瓏小巧的笑著，王小石不算高大，但仍比她高上一個頭，她那一張秀巧的臉瞇著眼笑時，有百種表情千種風情：「我要你說答應。」

「我答應。」

「答應我什麼？」

「什麼？」

「你可不許耍賴！」溫柔跺著腳嗔道：「答應我不說出去。」

「答應妳不說出去。」

「不行。」溫柔想想還是不放心：「我要你……起誓。」

這時行人、途人、旁人都被另一件事吸引過去了，反而沒加注意王小石和溫柔。

王小石只好起誓：「溫柔告訴我的事，我王小石絕不說出去，皇天后土，天人共鑒，王小石如果毀約，將如……」

話未說出口，溫柔纖纖如玉的五指已掩住他的唇，柔聲說：「這可別說下去了。」

王小石見她又高興了起來，調笑她道：「看妳，又哭又笑的，小狗撒尿。」

溫柔皺眉嗶道：「太難聽了！」

王小石笑道：「好聽的也有。」他吟哦道：「言是定知非，欲笑翻成泣。」

溫柔用手去撫王小石的鬢角：「小石頭，就只有你知我知。」

她離他是如許之近，吐氣若蘭，伸手可及，然而又如咫尺天涯，不由得很有一股激動，禁不住握著溫柔的手，卻一時說不出話來，溫柔「唷」的一聲，甩開了他的手。

「咦，你的手怎麼這麼涼啊！」

這時候，他們就聽見唐寶牛在人群裡的咆哮。

◇◇◇

王小石的手倏然改而扶著溫柔的肩，溫柔只覺得自己給一種柔和而急速的力量所推動，巧妙地左穿右插，已越過人群，到了唐寶牛身邊。

要是給溫柔自己擠過去，只怕少不免也得擠上半天。

他們只要再遲到半步，唐寶牛就要動手了，而動手的後果肯定不堪設想。

朱小腰也在唐寶牛身邊。

她制止不了唐寶牛的衝動。

最主要的原因之一，是唐寶牛根本是爲了她才那麼衝動的。

因爲衝突，才會衝動。

發生衝突的原因：朱小腰看中了帽行的一頂鴛鴦花釵冠，嵌飾華美，冠首中央一隻雲裡翔鳳，口銜珠串，冠後左右各垂飾點翠扇翅葉，另外還有南海採置的珍珠，點綴得玲瓏婀娜，而又富麗輕巧，朱小腰很是喜歡。

她想買下來，可是那一團和氣的胖商人卻臉有難色，不願賣。

朱小腰以爲他看自己出不起價錢，便說：「價錢你開好了。」

那胖老闆苦著臉道：「客倌請恕罪，這帽兒我不能賣給您。」

朱小腰覺得甚奇：「爲啥我不能買，是否有人下了訂嗎？」

老闆搖頭。朱小腰可不悅了起來：「既然沒人先下訂，貨又擺在這兒，爲何不許人買？」

「因爲這頂帽子是敝行最精緻好看的一頂帽子，姑娘實在太有眼光了。」老闆愁眉苦臉的道：「所以我們更不能出售。」

「這倒稀奇了。」唐寶牛挺身出來爲朱小腰力爭：「有眼光的反不能買，要沒眼光的才能買麼？」

「請原諒，因爲凡是這兒店子裡最好的一件貨品，咱們都得留給一個人。」

「這個人把這兒每一家店裡最好的一件東西都買下來不成？」朱小腰好奇了起

來。

「不是，而是我們送給他的。」

「難道你們心甘情願這麼做？」

「沒有所謂甘不甘願的。」老闆沒精打采的說：「難道我們還有別的選擇不成？」

現在朱小腰只問一個問題：「他是誰？」

「他是當今大名鼎鼎的……」話未說完，只見四個英悍敏捷的少年，抬著一頂轎子，凡過處人群爲之讓路散開，那老闆誠惶誠恐地道：「快放下冠帽，他……大爺來了。」

朱小腰道：「他就是？」

老闆匆匆點頭。

唐寶牛一把按住老闆的肩頭，厲聲問：「他是誰？」

老闆擺脫不了，只好答：「成大爺啊！」

朱小腰和唐寶牛對視了一眼，不約而同的脫口道：「無情？」

十六　冷寂的雪意

唐寶牛的牛脾氣又發作了：「四大名捕又怎樣？連市井小販的民脂民膏也要搜刮？強盜不如！」他和方恨少、沈虎禪、狗狗、「幸不辱命」、陳老闆等被人稱爲「七大寇」，而無情、鐵手、追命、冷血則爲「四大捕」，他早就不怎麼服氣，先前追命和鐵手把張炭抓了去，他強忍怒氣，而今又見四大名捕如此橫行霸道，強索民物，一時火氣上升，在朱小腰面前，更想表現自己的氣概，便毫無忌憚的破口大罵起來。

唐寶牛這一嚷嚷，轎子驟然停了下來。

轎裡的人似說了幾句話。

其中一名抬轎少年也上前去隔著轎帘說了幾句話。

逛市集的人都靜了下來，心裡都爲唐寶牛捏一把汗。

朱小腰暗地裡扯了扯唐寶牛的衣袂，示意他不要生事。

她不扯還好，這一扯，可把唐寶牛的「英雄氣」也扯了出來，也把他自覺自己這干「寇」不如這四名「捕」的委屈全扯了出來，大聲道：「這算啥是四大名捕！作威作福，一時僥倖高官，漫無法紀，算得了什麼？」

其中一名抬轎少年一把抓住唐寶牛的肩膊，叱道：「你胡說什麼？」

唐寶牛一反手，已甩開了他的擒拿，把他推跌了出去，喝道：「別碰我！抬你的轎去！」

只聽遠處有一個聲音附和道：「好哇！咱們可是強盜跟官差論法理了，這倒好，下民易虐、上天難欺，咱們這得替天行道！」

說話的人是方恨少。

這時人群已圍得密密麻麻的，正在看熱鬧，他一時擠不過來，念著要聲援唐寶牛，便先在遠處發了話。這一番話一說，眾人嚇得慌忙讓出一條路來，視線全集中在他的身上。

一時間，市肆都靜了下來，只有火舌的燃燒聲響。

半晌，只聽轎裡的人緩緩的道：「是哪來的閒漢，在這兒瘋言狂語？」

唐寶牛雷鳴似的道：「你家大爺就是天下無敵第一寂寞高手前輩刀槍不入唯我獨尊玉面郎君唐公寶牛巨俠是也！」

轎中人淡淡地道：「是你？你和沈虎禪、狗狗、方恨少、『幸不辱命』、陳老闆這干人，都早該逮起來了。」

方恨少道：「我是方恨少，你逮吧！」

唐寶牛道：「反正我們的張兄弟也給你扣起來了，也不在乎多收押我們兩個，怕只怕……」

轎中人道：「你怕？」

唐寶牛用鼻子哼著道：「只怕你扣不住我們，反而給我們揪出這烏龜殼來！」

這句話一出，可謂極盡侮辱之能事，這在眾目睽睽之下相罵，竟說出這等尖酸的話，令對方無法下臺，只怕事決難善了，眾皆大慄。

轎中人不怒不慍地說：「我不出轎，一樣可以擒得住你兩個。」

方恨少馬上反言相譏：「你行走不便，出不出來都一樣不成。」

他這句話一說，自己也覺得頗爲過份了一些，轎裡的人靜了下來，殺氣陡然大盛。

恰在這時候，王小石和溫柔已趕了過來，溫柔挺了挺胸，像一隻傲慢的小鳳凰：「你要拿人，別忘了還有本姑娘！」

轎中人道：「說話的是什麼人？」

溫柔更加驕傲的說：「『金風細雨樓』，女中豪傑巾幗英雄溫柔女俠是也。」

所謂近朱者赤、近墨者黑，她和唐寶牛相處久了，潛然默化、耳濡目染，連說話也與唐寶牛有幾分相似。

朱小腰暗裡輕輕地向溫柔說道：「時局多變，不宜扯上『金風細雨樓』。」

溫柔即自聰明的附加一句：「我跟『金風細雨樓』已脫離關係，毫無瓜葛。」

轎裡人輕笑道：「那妳現在跟什麼人有關係？」

這句話大有輕薄之意，可是溫柔偏生沒聽出來：「家師正是小寒山紅袖神尼，你要是膽戰心寒，趁早夾尾巴逃之夭夭，本姑娘且饒你一命。」

圍觀的人見這姑娘如此氣戇，都不禁竊笑起來，但又爲她擔心。

溫柔自己卻不擔心。

她一生很少爲什麼擔心過，總是人家爲她操心的多。

爲了白愁飛，她算是已費盡了心、受盡了委屈了。

轎中人只說：「衝著令師份上，這事與妳無關。」

「爲啥與我無關？他們的事就是本姑娘的事！」溫柔頓生豪情，又挺了挺嬌小的胸膛：「喂，你是無情？」

轎中人笑道：「有時我對人也很有點情。」

「你到底是男的還是女的？」溫柔驕傲得像個頂天立地的大丈夫，豪情地道：

「怎麼成天像個小姑娘出嫁般躲在轎子裡？」

這句話連王小石也阻攔不及。

在大庭廣眾說這種話，身爲四大名捕之首的無情，肯定會感覺到羞辱。

果然，無情隔著轎帘道：「妳有一個習慣不大好。」

溫柔一愣，奇道：「什麼？我的習慣你怎麼知道？」

「妳不要再挺胸了，」無情道：「妳的胸太小，再挺也挺不出個奇峰突出來！」

眾皆嘩然。

溫柔脹紅了臉，一時說不出話來反駁。

方恨少也叫道：「哎！有失斯文！有失斯文！」

這下子連王小石也爲之變色。

——有這樣的徒弟，難怪會有那樣的師父！

「太過份了！」王小石道：「四大名捕名震天下，今得一見，不過爾爾。」

無情的語音沒有絲毫變化。

「你又是誰？」

王小石道：「王小石。」

無情靜了半晌，才道：「你得要為你說的話付出代價。」

王小石道：「隨便你。你說得出那種話，我便說得出這種話。」

無情沉聲道：「像你們這些武夫悍卒，嗜殺為雄，若讓你們再在京城裡胡作非為，目無法紀，我們這些刑捕班房的也算是枉修這點道行了。」

王小石坦然道：「反正你要拿人，總有理由，可我沒犯案子，你要治罪，得要有贓證才行。」

無情道：「很好，這事兒我總會辦出個起落來的，閣下警醒點吧。」

王小石道：「有勞提點。」

那四名青衣少年又起了轎，越巷而去，眾人見沒啥熱鬧可看，便自散去。

那個帽販指著另一頂以絨背的精緻、絨紗編織而成的繡領花冠，其間還飾著翠花縷鳳，說：「這位姑娘，這頂手藝也不壞呢！還是玉清照應宮的師父們的巧藝呢！」

那時候，歷朝皇帝雖也有下旨修建寺廟，但庵中女尼道姑已不是全依靠香火施捨為生，有時候還須自食其力，其中文繡織錦，多是出自女尼道姑之手，手工巧麗，頗為聞名。

王小石對那頂花冠很感興趣，俯身細看，便問帽販：「這閃閃的金光，可真的是金粉粘飾上去的麼？」

帽販笑道：「那是自一種叫做金蟲的殼翼所提煉的，一般婦人的釵釧金飾，都是用這寶貝兒塗亮的呢！」

王小石笑道：「這倒可以省些錢。」回首見朱小腰雲髻峨峨、高髻險裝，很有一種迷漫的美態，便說：「妳戴上去，一定很好看的。」

朱小腰慵懶地一笑：「我要的東西，都要最好的，現在沒有最好的，拿這金龜子的研粉當作黃金珠玉，我可不想要，但你說了，我就買下吧！」

溫柔聽著，不甘心地扯扯王小石的衣袖，悄聲道：「我要。」

王小石很有些爲難。

唐寶牛這時正忙著掏錢，向朱小腰道：「我送給妳。」

朱小腰瞟了唐寶牛一眼，輕輕的按住他的手，道：「你爲什麼要送？」

唐寶牛一時爲之語塞，忽嗤啦的一笑：「妳戴起來，美哩！」

朱小腰柔聲但自有一種柔韌的堅持：「我不要你送。」她自行掏了銀子付賬。

溫柔見王小石沒什麼舉措，撇著嘴兒，提高了語音：「我要嘛。」

王小石無奈，勸道：「妳就要別一頂好嗎？那一頂玉屏冠也滿好看……」

溫柔很不高興的道：「我就要這一頂。」

王小石只好說：「朱姑娘已經買下來了，不如選那一頂玉蘭花冠……」

溫柔一跺腳，很不高興。

朱小腰卻把繡領花冠，遞給了溫柔，溫和地道：「送妳。」

溫柔登時笑樂了，嘴巴幾乎都合不攏，酒渦深深的，像一場動人的醉酒。手裡接過花冠，口裡卻說：「怎麼送我？不好意思。」

「妳戴著好看。」朱小腰美目裡流露著憐惜之意：「妳要了吧！」

溫柔芳心可可，眉開眼笑的，王小石瞧在眼裡，也覺好笑。

那商人卻似欲言又止。

王小石一眼就看出來了：「這位老闆，請了。」

那胖小販忙答禮道：「我哪是什麼老闆！這一點小生意，實在不足以餬口。」

王小石道：「剛才那位便是名捕無情？」

胖商人道：「是呀，一旬半月的，他總要來那麼三幾次。」

王小石故作訝然道：「他頂著的是御賜神捕的名位，來這兒作什麼？」

「便是他頂的是刑房的名義，所以才來繳納月椿錢，爲是籌解靖安的費用。」

胖老闆愁眉苦臉的低聲道：「你知道的，他們要收錢，總有法兒過門。」

王小石點點頭，這時朱小腰已與溫柔歡天喜地的行了開去，眼看雪意又濃了，夜已深了。

胖老闆仰首望天，喃喃地道：「怕又要下雪了。」

王小石附和地道：「是呀！」

王小石正要行開去，那胖子又吞吞吐吐的說：「我倒有一事，不知……該不該說？」

王小石道：「老闆儘說無妨。」

「我這叫惹禍上身，但不得不提醒小老哥一句。」胖老闆鼓起勇氣說：「那位無情大爺可不是鬧著玩的，路上……你們總得要小心一點才好。」

王小石哦了一聲：「你的意思是說……」

小販彷彿自己的話說多了，匆匆收拾冠帽，答非所問的道：「快下雪了，要下雪了。」便逕自推著木車行去了。

王小石愣了一會，若有所思地，然後才跟著朱小腰、溫柔、方恨少、唐寶牛等行去。

溫柔和朱小腰兩人走在前面，吱咯吱咯的談笑不休。

一頂冠帽，就使溫柔把朱小腰視為莫逆。

方恨少和唐寶牛走在後頭。方恨少正在嘲笑唐寶牛剛才的舉措，「人家可不領情」。

唐寶牛可覺「臉上沒光」，對方恨少更沒好氣，借題發揮地大罵四大名捕，尤其是針對無情。

王小石走在後頭，尋思之色愈深。

然而，雪真的下了。

雪飛飄。

雪漫天。

雪降。

◇◇◇

由於雪寒，汴河的船舶已十分稀少，二三船家穿著臃腫的簑衣，擺船靠岸。河岸邊的棧店茶館，酒旗凋，燈籠黯，除了江湖載酒而行的浪客，誰會在這夜深冬寒之際流連忘返？

河畔的樹木，有的巨枝盤屈交纏，粗壯肥大，但開的花葉十分稀疏，並不茂盛。

有的則枯瘦細弱，垂枝如虬髯飄忽，不知何處送來撲鼻的梅香。

拱橋上，行人稀少，都是兩三撐著傘、趕著回家的夜行客。

一行人正往「金風細雨樓」的路上，王小石見此殘景，忽然想到：汴梁城裡，冠蓋往來，士商雲集，繁盛壯麗，城樓雄偉，可謂一時之盛，可是，假如有這麼一天，這繁華之地，忽只變作殘垣敗瓦，凋景蕭條呢？

——猶是這一勾殘月。

——仍是這般冷寂的雪。

——那是一種怎樣的荒涼啊！

然而這又是極可能發生的事情，昔日不是有很多雄都大國，今都成了荒城廢墟嗎？只要敵國入侵、外族施虐，命運操於人手，就算是華都盛京，也一樣會毀之一旦；縱是雄華磅礡的阿房宮，也經不起一場火啊！王小石這樣地思忖著。

倏然，枯樹上急掠起幾隻驚鳥，在涼寒空氣中劃過短促的急嘯，一陣撲翅的風聲，迅即化成小點而沒入夜穹。

溫柔和朱小腰猶在前面行，笑語晏晏。

唐寶牛和方恨少行在中間，他們似乎正在爭吵。

王小石就行在最後面。

——就在這時，他感覺到殺氣。

一種比這氣候還冷還寒還不由人的殺氣。

就在這霎間，他就看見了它！

一頂轎子！

◇◇◇

無情的轎子。

◇◇◇

轎子裡有沒有無情？

◇◇◇

在寒冬的深夜裡，這頂轎子像一方神龕，在黯處已等了他們很久，已等候了很久很久。王小石長吸一口氣，搓動著手指。

——天氣實在太冷了。

他正想說話，但遽而發現已不必說話。

也不能說話。

因爲……

十七　星星雪

無情已動手。

三道暗器，飛襲王小石。

王小石從來沒有見過這樣的暗器。

暗器不多，只有三枚。王小石不知道那是什麼「暗器」。一枚先側射入河裡，再自河水裡分波逐浪，「颼」又射上了岸，疾取王小石。

另一枚則先射入了地底，在地裡直劃了一道浮土，再破土而出，直取王小石的咽喉！

另外一道自空中飛打而至。

從轎子到王小石身前這段距離裡，這道「暗器」竟一沉一浮、一浮一沉的，像波浪一般曲折著，沒有人知道它會打向自己的什麼部位。

連王小石也看不清楚，那是枚什麼暗器？

——還是根本不是暗器？

這種暗器，王小石不但連聽都沒有聽過，甚至這輩子連想都沒有想過。這些一輩子連想都想不到的暗器，他自也沒有想過如何去應付。

朱小腰「哎」了一聲。

溫柔斜著頭，問：「嗯？」

唐寶牛警省地東張西望：「什麼事？」

方恨少只來得及大叫一聲：「小心！」

暗器是攻向王小石的。

——要是射向他們，他們早已連什麼表情、什麼聲音都發不出來了。

◇◇◇

王小石想避。

他發現不能避。

這些暗器分三個方位襲至，後左右均受制，要閃躲，唯有向前。

絕不能向前。

——這三道暗器雖然奪命，但前面那頂轎子才是最致命的。

王小石卻做了一件事。

三枚小石頭，就自他手裡神奇地激射了出來。

三枚石子，分頭在水陸空截擊了那三件暗器。

寒夜裡，只聽三聲輕微的悶響。

三聲細響都不同。

「通！」

「波！」

「啪！」

一粒石子打入水中，把水裡的暗器擊沉。

一顆石子射進土裡，把土中的暗器打入更深的泥層裡。

一枚石子迎空截住那件暗器，頓時兩樣暗器一齊粉碎，碎成雨粉片片，灑落河上。

轎子裡發出的三道暗器，全部已被王小石的三顆石子所瓦解。

可是王小石的戰志也幾被瓦解。

因爲他襟裡已沒有石子。

他一直以爲：在汴梁城裡，大概還不會遇上使他在一招間便動用了三粒石頭的敵手吧！

現在他遇上了。

他只放三顆石子在襟裡，用了一顆，便補一顆，當然，誰都不會無緣無故的在襟裡揣上一大把石頭。

地上固然有的是石頭，但強敵當前，不見得有機會去拾取。

——眼前這敵手，一出手就逼他三石盡出。

不過，他依然佔了一個心理上的優勢：

那就是敵人還不知道他襟裡還有沒有石頭。

而且他手上有刀、腰畔有劍。

他還要去殺諸葛先生。

——如要殺諸葛先生，又怎能敗在無情手裡？

——如果敗在無情手裡，又怎能殺得了他的師父諸葛先生？

王小石決定要面對這個敵手。
可是他的「敵手」是一頂轎子。
轎子無聲無息，如同一座神龕。
沒有香火，只有雪降。
星星的雪。
雪星星下，就像蒼穹裡寂寞的星子，紛紛失足落在凡間的一片白茫茫裡。

◇◇◇

不多時，轎頂已鋪了一層雪。
皎潔的雪，柔靜的雪。
轎子裡仍毫無動靜、沒有聲息。
天氣冷得連鼻子也快掉下來了，眼睛也像要結成冰。
——怎麼會冷得那麼快，風刮來，儘是一陣又一陣的冰刀子，像要把人活活雕成雪人。
王小石卻在流汗。

汗流浹背。

——不知轎裡的無情又是怎樣的感覺？

◇◇◇◇◇◇

王小石能忍，可是有人不能忍。

唐寶牛不能忍。

他可以忍受在刀山火海裡作生死存亡的衝殺，可以忍受在嚴寒酷熱裡作捨死忘生的拚鬥，但他不可以忍受這種「靜默」。

完全靜止的格鬥，寂然如百年。

甚至一朵雪花，落在簷上，再化成了水，慢慢的滴落下來，落到雪地上，又漸漸結成了冰，這種過程，都可以聽得一清二楚。

他受不了。

但是他不敢動。

因爲王小石的眼色。

王小石從來沒有那麼嚴厲的眼神。

不知怎的，一向認爲自己天不怕、地不怕的唐寶牛，對王小石卻有一種親和敬，在王小石溫而厲的相處裡，既和煦如冬日裡的陽光，但有時又如怒照的中天厲日。

他發現王小石的眼色，是不讓他妄動。

他只好不動。

——雖然他很想動。

他不動，方恨少也只好不動。

他也看得懂王小石的眼色，不過，他跟王小石還不算太熟，他不動是算定平素最沉不住氣的唐寶牛必會出手，唐寶牛一出手，他就立刻出手，多年來，他們合作慣了，對彼此的性情也瞭解透了。

可是，唐寶牛這回卻不出手。

方恨少反而一時間無法適應。

——自己要不要出手？

——出手好？還是不出手好？

——應不應該出手？

如此一番思慮，反而感覺到壓力。

——一股來自風雪、來自天地間無形的煞氣，形成了極大的壓力，而壓力最終來自轎子裡。

（這是頂什麼鬼轎？）

（轎子裡是人還是鬼？）

當方恨少感覺到可怖的壓力與可怕的煞氣時，他的腳彷彿已凍得麻木，連他最擅長的「白駒過隙」身法，也一時施展不出來了。

——此刻，問題反而不在能不能出手，而是萬一對方向他下毒手，他還有沒有能力閃躲。

（早知如此，不如先行出手，就別等唐寶牛了！）

當方恨少心裡有悔的時候，他已失去「主動出手」的能力。

朱小腰沒有所謂「主不主動」的問題。

她發現轎子的時候，暗器已自轎裡射出。

暗器是射向王小石的。

她一看暗器的速度與手法，就知道除非王小石能救他自己，否則，誰都救不了他。

王小石果然救了他自己。

而她也看得出來：王小石以暗器對暗器之際，本來有機會逃開的。

但他沒有逃。

因爲就算他逃得了，他也放不下其他「逃不開」的人。

——這些人當然包括她自己、溫柔和唐寶牛、方恨少。

朱小腰頓時明白王小石不逃的用心。

——他要面對。

面對強敵，豈不就是大丈夫所爲、英雄本色？

朱小腰知道自己出手也沒有用。

今晚的局面，只有王小石能料理。

所以她把心思放在溫柔身上。

她不想溫柔分了王小石的心。

溫柔正冷得發抖。

從牙關到膝蓋，一直在哆嗦著。

她正想開聲，朱小腰已向她搖搖頭。

（可是太冷了呀！）

她又想移動，朱小腰已牽住了她的手。

（可還是冷死人了！）

她想問朱小腰，怎麼這些人全似被點了穴道都不動了的時候，她忽然瞥見有人動了。

雪地上，有人動了。

◇◇◇

動的人不是唐寶牛、方恨少，也不是朱小腰、溫柔，甚至也不是王小石、無情，而是轎子後面，有兩個人，悄悄貼近，靜而無聲。

本來雪地一如厚氈，來人輕功又相當不錯，比落雪還不帶聲息。

王小石瞧得仔細：

正悄沒聲息地往轎子後左右包抄過去的人，正是顏鶴髮與張炭！

◇◇◇

顏鶴髮和張炭的用意，無疑是要摸近去，把轎子裡的人揪出來。

王小石在這一剎間，在腦海裡星馳電掣般閃過了幾件事：顏鶴髮和張炭太冒險了。剛才跟轎中人對了一手暗器，敵手暗器手法之高乃平生僅見。他們萬一給無情發現，無疑等於送死。可是怎樣制止他倆？

無論如何，不能聲張，喊破反而誤事。

王小石跟顏鶴髮、張炭兩人，隔了一座轎子。

隔了這座轎子，比隔了一座刀山火海還可怕。

王小石要使無情不察覺張炭和顏鶴髮的逼近，以保他倆的安全，只有一個法子：

讓無情分心。

所以王小石做了一件事：

他動了。

◇◇◇

他大喝一聲，全身掠起，似要全力出手。

王小石在最不適合的時候動手。

理由只有一個。

爲了朋友。

——只要有這個理由，一切都充分了。

朋友。

◇◇◇

王小石身形甫動，轎內就「嗤」地發出了暗器！

王小石的身子陡然一沉。

暗器擊空。

（暗器是白色的。）

（那是一枚棋子。）

王小石往上竄的身子已疾伏了下來，伸手一抄，已抓了三片雪花在手，但就在這時，轎中人又發射出兩顆黑子。

這兩枚黑子，不是射向王小石。

而是射向顏鶴髮和張炭！

（這分際，王小石手上已有雪片。）

（雪就是他的暗器。）

（既是有了暗器，他就可以不怕距離的妨礙，與無情對抗。）

（可是，對方也覷準了他的「罩門」出手！）

（王小石此刻的「罩門」就是他的朋友！）

◇◇◇

有時候過份的去愛一個人，就是害了這個人。有時候過份維護一個人，等於是寵壞了他。王小石在不該出手的時候搶攻，反而致令轎中人察覺到他似另有掩飾，因此發現了顏鶴髮與張炭的逼近。這在世間常常發生的事，可惜有些人窮盡一生都不能明白這個道理。

◇◇◇

兩枚棋子，疾射向顏鶴髮和張炭。

以顏鶴髮和張炭的身手，雖然猝然受襲，但還不致避不了。可是無情發出暗器攻勢的主力，根本不在取他們二人性命。

而是用來對付溫柔和唐寶牛。

兩枚刻著「炮」字的棋子，倏然發射，分襲唐寶牛和溫柔。

兩人完全意料之外。

誰都來不及應變。

不但他們躲不及，連在他們身邊的朱小腰和方恨少也措手不及。

王小石在這千鈞一髮間，五指一彈，兩枚雪花已在電掣間疾射而出！

雪花是柔軟的，但在王小石振腕間，快得自長空掠銳風、劃出急嘯！

可是再怎麼快，也得要遲一步。

「棋子」已快命中。

唐寶牛的右目！

溫柔的印堂！

（無情的出手果然十分無情。）

（——難道就為了語言上的幾句衝突，他就非把唐寶牛一目打瞎，置溫柔這小女孩於死地不可？）

（——不然，卻是為了什麼？）

◇◇◇

太快了。

王小石發出的雪片速度之快，使之在空氣裡摩擦出熱力，雪片迅速消融。

雖然只剩下二小點的雪花，但仍有穿石之力！

可惜仍是慢了那麼一點點！

棋子還是會先射中溫柔和唐寶牛。

王小石眼都紅了。

他發出兩片雪花後，心便沉到了底。

他連眼都紅了。

他已準備與無情拚命。

可就在這時候發生了一件事。

在橋墩那邊，隱隱有一個漢子的背影。

那背影一直佝僂著，像一個在寒夜裡傷心醉酒的漢子，誰都沒有去注意他。

可是他在這時忽然回頭。

誰都沒看見他的臉。

他用左手的一條絲絹遮著，但右手一揚。

兩枚針，越空飛射。

針是輕而細的。

這句話是假的。

因為輕而細的事物絕對發不了這麼厲烈的聲響。

針是尖而銳的。

這句話是真的。

因為這兩口針正發出劃耳破空的尖嘯！

那傷心的漢子，離唐寶牛和溫柔很近。

至少比無情近。

無情又比王小石近得多了。

所以那兩枚針必能先行截住那兩隻棋子，而王小石的雪花才接踵而至，全碰擊在一起。

這是必然的後果。

可是事實不然。

因爲就在這電光火石的刹那，一棵岸邊梅樹，突然花落如雨。

其中兩朵梅花，以比棋子、雪花、針都急而勁的速度，在針尖就要觸及棋子之前厘毫間，把針擊飛。

針一旦斜飛，棋子就依然疾射。

溫柔和唐寶牛依然得要厄運難逃。

雪花是軟的、針是細的、梅花是柔的，沒有極強腕力、指力、內力和功力，誰都不可能發得出這種速度來！

既然發得出來，溫柔與唐寶牛又猝不及防，斷然躲不開去。

就在這生死存亡的刹那間，有人在遠處叱了一聲：「使不得！」

十八 雪、梅、棋、針、箭

這句話的第一句尚未傳入眾人的耳裡，兩枝袖箭已破空而至。

箭來自疏林裡。

飛針的發射之地，可以說是離溫柔與唐寶牛最近。發射梅花的所在要算其次，但射梅者勁力更強，故能先行截住飛針。轎中人的棋子在距離上要比發梅花者遠，而王小石的位置又比無情更遠，不過最遠的是這發袖箭的，而他的出手比誰都更遲一些。

但是他的暗器最快。

這兩枝箭，「噗噗！」串過棋子，一齊撞在飛針上，飛針又刺入梅瓣中，梅花、飛針、棋子、袖箭，一齊被雪片砸著，斜飛一丈三，「轟轟！」二響，炸了開來。

原來棋子裡竟有炸藥。

就算唐寶牛與溫柔能真個接了下來，只怕也仍會被炸得焦頭裂額、血肉模糊不可。

如果不是那兩支袖箭的巧勁，這些暗器都不會撞在一起，震飛老遠，以致這兩下爆炸，誰都沒傷著。

眼下的「暗器」就有雪片、梅花、棋子、飛針，發出的手段這樣高明，已是世所罕見，但這一對袖箭，後發先至，遠快於近，手法之巧之準，足以把整個局面扳了過來。

——這是什麼箭？

——什麼人才能發出這樣的暗器？

◇◇◇

王小石也愣住了。

大地又靜了下來。

蒼穹下，只有雪花落地的輕響。

一片一片的雪花，寂寞的掠過夜空，夭折在大地上，那飄落也是一種寂寥的聲音。

岸邊的梅樹似乎有一聲比雪降還輕微的聲響。

又過了半晌，轎子裡的人發出一聲歎息。

然後轎子動了。

轎子正轆轆地離去。

王小石沒有攔阻。

唐寶牛、溫柔、朱小腰、顏鶴髮、方恨少、張炭等人，仍然全在轎中人的射程之內。

這點王小石很清楚，顏鶴髮與朱小腰也很清楚。

張炭和方恨少則給剛才一連串的暗器震住了，到現在還未能恢復。

唐寶牛和溫柔則被嚇呆了，驚魂未定。

轎子就這樣遠去了，消失在茫茫的雪地上。溫柔這才「呀！」的一聲跳起來說：「你們……怎麼讓那臭雞蛋跑了！」

她春蔥般的手指幾乎要戳在王小石的鼻尖上：「你你你你，你怎麼讓他給跑了！」

王小石深吸一口氣道：「你難道要留他在這裡看雪景不成？」

溫柔更氣：「你……」

唐寶牛忽然豪興大發：「來，我們追他去！」卻是沒人附從，他的聲音立刻小了，豪邁態度亦大有改變：「他逃不遠的，反正總有一天我唐巨俠總不會放過他！」

王小石沒說什麼，他只是走到河邊。

橋上的漢子已不見。

只留下一張織錦。

絹上繡著一對亂針貓兒，可是還未繡完。

王小石撿了起來，再去看那株梅樹。

那是株老梅。

老梅香猶新。

梅樹上當然已沒有敵人的蹤影。

王小石發現地上落了幾朵梅花。

一、二、三、四、五……

總共是廿五朵。

王小石這才舒了一口氣。

——在橋墩上發出飛針的準子，是阻止無情發暗器傷害溫柔和唐寶牛，似友非敵。

——如果是朋友，當然是武功越高強越好。

——不過，在梅樹上以梅花作暗器的人，旨在攔阻橋上漢子出手救人，卻便似敵非友。

——以梅花作暗器的「敵人」，內功委實高到了匪夷所思的地步。

——至少，連他自己和白愁飛都無法達到的境界。

——這樣的敵人，不但令人緊張，也令人耽憂，更令人感到興奮！

——幸好，看來這敵人內功雖高，輕功卻不如何。

——因爲他在出手時，還是震落了廿五朵梅花。

——人在樹上，運勁出手，這時節梅花早開，已近落瓣時節，只要被風輕輕一吹，就會墜落。

——不過「敵人」還是震落了花瓣！

王小石走向疏林裡。

那是袖箭發出的地方。

發袖箭的人是截阻無情殺傷溫柔和唐寶牛的，自然應該不是敵人。

王小石走過去之前，已確知發暗器的人已經走了。

他走到林後。

雪地上，有兩道淺痕。

輪子輾過的痕跡。

王小石不由一怔。

溫柔見他左望望，右望望，東看看，西看看，既看不過眼，也看不順眼，掠了過來摸摸王小石的額角。王小石臉上一紅，不覺閃了一閃、縮了一縮。

溫柔「哇哈」一聲笑道：「哈哈！我終於看見了！」

方恨少跟溫柔已相當「相交莫逆」，且善於「一唱一和」，即道：「妳發現了什麼？」

溫柔拊手笑道：「一個還會臉紅的男人，難得，真難得！」

唐寶牛沒好氣的啐道：「呵！這有什麼稀奇？」

溫柔道：「難道你也會臉紅，你就紅給我看看！」

唐寶牛馬上來個雙手撐地、雙腳朝天，不一會就連眼帶臉都脹紅了，道：「妳看，我的臉這不就紅了嗎？」

溫柔賭氣地道：「紅你個頭！猴兒屁股一樣！」

方恨少歎道：「唉，女孩子家，把話說成這樣，也太粗俗，有失斯文！」

溫柔頓知自己失言，說得未免不雅，臉兒紅了。

張炭哈哈大笑道：「我看見了，我也看見了！」

方恨少故意的問：「你看見什麼了？」

張炭道：「也沒什麼，一個大姑娘臉紅而已。」

方恨少調侃道：「本來大姑娘臉紅就不怎麼稀奇，但大姑娘用手去摸大男人的臉，把大男人也臊紅了臉，這才是關雲長配紅拂，天生一對紅透天呢！」

溫柔氣急了：「你說什麼？狗嘴子、臭鴨蛋！我幾時摸過他的臉了？」

方恨少負手望天悠然道：「不是妳摸的，摸的是癩蛤蟆。」

張炭忍俊不住：「那麼小石頭是天鵝肉了不成？」

「死豬皮蛋！」溫柔忿忿的罵張炭：「活該你坐牢！此生坐，坐一輩子去！」

「大吉利喜！」張炭忙搖手攏腦的說：「別攪別攪，妳可別這樣詛咒我！」

「我哪有摸他的臉！」溫柔喊冤似的道：「我見他東張西望，以為他發高燒，摸摸他的額頭探熱而已！」

王小石圓場的道：「他們跟妳鬧著玩罷了，妳要是鬥嘴，他們就鬧得越是起勁！」

「都是你！」溫柔委屈地道：「不是你看天望地，我何至遭人誣衊。」

「誣衊？」方恨少喊道：「這可是八輩子洗不脫的大罪！」

張炭吐吐舌頭道：「反正我的罪名已夠多，再多一兩條又何妨！」

溫柔果不理睬他們，問王小石：「對了，你在看什麼？」

「也沒什麼。」王小石把拾到的絹帕交給溫柔，喃喃地道：「奇怪，怎麼一個大男人卻繡這個東西……」

話未說完，溫柔一見巾帕，「呀！」了一聲，臉色大變，怔在當堂。

王小石也立刻注意到了。

他問：「妳知道這是誰的東西？」

溫柔怔了半晌，才搖了搖頭。

張炭意圖逼問：「妳一定知道的！」

溫柔白了他一眼，也沒興緻吵嘴，只說：「不知道。」就轉過了背去，行了開去。

王小石、張炭、方恨少你望望我、我望望你，誰都不知道溫柔到底是怎麼一回事。

顏鶴髮和朱小腰也在遠處交談，聽不清楚他們究竟在談些什麼。

不過他們似乎一時沒注意到唐寶牛。

一向愛熱鬧、而今卻臉黑如鍋底的唐寶牛。

王小石似也在笑鬧，但心裡著實沉重：

四大名捕的武功，他已向無情和冷血領教過，要殺諸葛先生的話，只有憑三個可能——一是趁對方猝不及防；二是欺對方年老力衰；三是要靠運氣。

——以剛才的情形看來，轎中人似志在取唐寶牛和溫柔的性命，而有一名內力絕高的人暗中助之，難道這人便是四大名捕中的鐵手？

——不過，也有兩名高手暗助自己，莫非是蔡太師、傅相爺所派出來的人？

王小石一直覺得有人在跟蹤自己。

可是他什麼人也沒發現。

——到底人躲在哪裡？

——這是錯覺？還是敵手輕功太高？

王小石不止於愁眉不展。

他是一籌莫展。

——殺人的計劃又如何進行？

——任務是否可以順利完成？

所以他趁顏鶴髮和朱小腰在談話的時候，悄悄地問溫柔、唐寶牛、張炭、方恨少一件事：

「要是我出了事故，又不能離開京城，你們有沒有辦法替我找一個絕對安全的躲避之處？」

張炭、溫柔、方恨少、唐寶牛，他們的武功也許不是極好，才智或許並非極高，但卻是可信的朋友。

絕對可信。

他立即有了答案。

答案是：

「有。」

答的人是張炭。

◇◇◇

張炭有辦法。

他一向都很有辦法。

他立即帶王小石去看看。

看看日後用來藏匿行蹤的地方。

「小隱隱於野，大隱隱於市。」

張炭就帶著王小石走向市肆。

王小石一向都很喜歡市井，他認爲市井多有俠義之輩，而且人間人煙、溫暖溫情，他從不羨慕人居廟堂之高，足以隻手蔽日，他只愛處江湖之遠，喜度清風微雨。

張炭是「跑江湖」的。

他在江湖上樹大根深。

——江湖人要在江湖上行走，最重要的一件事情，就是：朋友。

沒有朋友，人在江湖寸步難行。

張炭有的是朋友。他雖是年紀不大，但在朋友裡的「輩份」很高；另一方面他是當年「天機」組織龍頭張三爸的義子之故，他在江湖道上，也極吃得開。

在京城裡，他也有很多「朋友」。

——一個願意為朋友賣命的人，本來也一定會有很多願意替他「賣命」的朋友。

這是其中兩個朋友：

一個叫溫夢成。

一個叫花枯發。

他們兩人合起來也有一個稱號，人稱「發夢二黨」，這兩人的確曾經連袂過，當時「發夢二黨」的確是除了「迷天七聖」、「金風細雨樓」、「六分半堂」外一大實力，可惜，這兩人不肯和好地在一起，已足有十一年了。

整整十一年了。

——人生有幾個十年？

何況還是十一年。

張炭跟這兩個「道上的朋友」，說來也有六年沒見。

六年在人生裡不算太長，也不能說是短，它足以讓人把另一個人完全忘記，也可以令人懷念另一個人到了似酒濃的時候。

張炭先帶王小石一行人等去見花枯發。

王小石先把顏鶴髮和朱小腰打發。他要顏鶴髮去打探一件事：諸葛先生這幾天原先訂好進宮議事的章節，有沒有更改？

他要朱小腰去找一個人。

一個鐵匠。

這鐵匠是他當日在江湖上結識的一條好漢。他不知道他的名字，也不知道他住在哪裡，甚至也不知道他手底下功夫有多硬？

他只知道他是一條好漢。

這就夠了。

交朋友本就不需要知道得太多。

他也知道對方在京城是以打鐵爲業。

這就有足夠的線索找此人了。

英雄莫問出處，不世英傑，落魄江湖之際，說不定也有的打鐵、有的賣藥、有的在暮雪裡撐著酒旗。

他不知道他的名字，只知道人稱他爲「霹靂八」。

「霹靂八」當然是一個綽號。

他就是要找「霹靂八」這個人。

一個不平凡的人平時可能只跟某一類朋友吃喝玩樂，但在有正經事要辦的時候，他就會聯絡另一類朋友。

何況，在王小石身邊的朋友，可能好玩、愛鬧、貪吃、懶做，但卻天生硬骨頭，氣概不凡。

不凡的人自有不平凡的朋友。

不凡的一群人自要去做不凡的事。

十九　老天爺

大喜。

大壽。

是日是花枯發的大壽。

花枯發在京城裡，論地位家世，遠不能與方應看、龍八太爺、諸葛先生等人相比，要論武林中的權威聲望，也遠遜於雷損、關七、蘇夢枕。

但他還是有他的朋友。

花枯發的五十大壽，道賀的人自然不少。

跟花枯發交往的人，自然都不平凡。

就算他們有一張平凡的臉孔，但身手都不凡。

就算他們身手並不如何，身份也不如何，但他們都有不凡的品性。

其中最不凡的要算是牽牛尊者。

這人自視甚高，脾氣又大，古板小氣，又自以爲豁達豪邁，脾氣古怪至極；但在武林中，卻是人人敬重的角色。

要是他看不起的人物，就算是皇親國戚，用八人大轎抬他也不過來。

他來了，就是他看得起花枯發。

而且連「不丁不八」也來了。

這是令花枯發也頭疼的人物。

也是令所有人見之莫不頭大的人物。

「不丁不八」不是一個人的名字。

而是兩個人。

一對夫婦。

——老公公是「樂極生悲」陳不丁。

——老婆婆是「喜極忘形」馮不八。

夫婦二人武功極高，剛烈俠義，但行事作風，也令人爲之瞠目。

花枯發在賓客間週旋敬酒，滿臉笑容，但誰都看得出他似有所待。

——等誰？

——看來，一定是等「八大天王」。

——怎麼「八大天王」還遲遲未來？

——以「八大天王」和花枯發的交情，他斷沒有理由不來。

◇◇◇

「八大天王」沒來，卻來了一群人。

張炭帶著王小石、溫柔、唐寶牛、方恨少一行五人，浩浩蕩蕩的來了。

花枯發一見到張炭，一把抱住他，兩人摟在一起，一面捶著對方的背心，一面呵呵大笑：

「好小子，可把老夫等急了，還以爲你死在哪裡，這輩子都冒不出來哩！」

「好老鬼，可把我給想死了，咱們見你一次就少一次，你難得做大壽，我當然不能不來！」

兩人如此喧騰一陣，兩個身子才算是分了開來。

花枯發有點變臉的道：「好小子，六年不見，一見面就咒老夫！」

張炭也強笑道：「好說，好說，彼此，彼此！」

王小石見兩人說話如此頂撞，不禁有些擔心起來；卻見張炭捱了幾記背心捶後，臉色也有點發白，這在張炭這張黑臉而言，已是十分難得的事，不禁低聲問：「怎麼了？」

張炭撫背，臉上還充了個抽筋般的僵硬笑容：「好老鬼，出手倒是越來越重了。」

溫柔柳眉一豎：「什麼話？他暗裡動了手了？」

王小石忙道：「炭兄下手也不輕。」

張炭苦笑道：「咱們每次見面總要來這一趟禮。」

溫柔撇了撇嘴角，不屑地道：「虛僞！」

那邊廂的花枯發也退了幾步，他的首席大弟子張順泰即趨近沉聲問：「師父，你怎麼了？」

花枯發並沒有應他。

張順泰一怔，連忙想扶住花枯發。

花枯發一把推開他的手，怒而低叱道：「扶什麼扶！人那麼多，你這是什麼意思？要師父丟醜不成？」

張順泰吶吶地道：「我見師父沒有回應……」

花枯發罵道：「我在忍痛，那個龜孫子功力又進步了，他奶奶的……我在忍痛怎能回答你那些廢話！」

這次「擲海神叉」張順泰忙道：「是是是。」他不想在大壽之日激怒師父，所以討好的問：「要不要徒兒把他們給攆出去？」

「廢話！」花枯發高喝一聲，大家都靜了下來，花枯發忙作勢道：「沒事，沒事。」又向大家敬酒，才噤著聲斥罵張順泰：「他打我，我打他，多年來見面都如是，不打不舒服，打了吃虧，兩造沒怨隙說，你去打他，這不是陷師父於不義嗎？再說，我都跟他打個兩沒討著便宜，你去打他，打輸了，我丟臉，打贏了？我面子更往哪兒掛？你這不是說話，是放屁話！」然後整整衣衽，吩咐張順泰道：「你要記住，不管是任何人，進得了我花家大門，就是我的佳賓，不得無禮，也不可無義，不要像你溫師伯那樣吝嗇、刻薄、小氣，知道嗎？」

張順泰恭聲道：「多謝師父教誨。」便行了開去，在門口招呼客人。

花枯發遂向張炭等人拱手道：「承蒙諸位光臨，老朽不勝榮幸，薄宴奉候，有失遠迎，不知諸位高姓大名……」

張炭正想引見，忽聽首席弟子張順泰猶如發禮炮似的喊道：

「有客到！」

花枯發整整衣衫，正要相迎，只聽張順泰破鑼似的嗓子又呼喊道：

「留香園、孔雀樓、瀟湘閣、如意館、卯字三號房何姑娘何小河光臨！」

◇◇◇

花枯發第一個反應就是叫了一聲：「老天爺！」

更奇怪的是在壽宴裡三教九流的奇人異士、村夫俗婦都失聲高呼或低叫：

「老天爺！」

溫柔喃喃地道：「怎麼？難道那姓何的就是『老天爺』？」

張炭臉上似笑非笑的道：「她外號就叫『老天爺』。」

唐寶牛瞪著大眼道：「她是什麼東西？」

「她不東也不西，她是人。」張炭微笑道：「她是京城裡的名妓，正紅上了頂，成了萬家生佛，男人都叫她做『老天爺』！」

只見花枯發氣沖沖的，一把手就揪起張順泰，吼道：「誰叫你給她進來的？」

張順泰囁嚅地道：「您……您……是師父您……」

花枯發幾乎連眉毛都氣到耳角上去了：「你說什麼？我幾時有傳個妓女進來的？」

「我，我，我……」張順泰幾乎嚇得臉無人色，說道：「是師父您……您說……凡來這兒的，都是您……老人家的貴賓的……」

花枯發一時為之語塞。

只聽「哎唷」一聲，聲音淸脆好聽，人影一晃，一個俏不伶仃的翠衣女子，修長高俊、活色活麗的就在衆人眼前，一雙活靈靈的美目溜過來、轉過去，像蘸了蜜的刷子，在人人臉上都刷了一把，似嗔似怒的說：「喂，花黨魁，你這算啥？老娘在青樓混，沒做賣爹賣娘賣朋友的事，就是賣自己您也不許？小女子今兒也是給您老拜壽的；你瞧得起就欠著身子受了，還得側身讓妾去喝杯壽酒才走；要是不歡迎嘛，他日你『發夢二黨』的子弟，還有今兒在座諸位，誰都別想再踏入姑娘我那窩兒半步！」

只聽座中一片嘩然。

「花老，你這可太不上道了，何姑娘出污泥而不染，你這豈是待客之道！」

「老花，你這樣做，又何必呢！」

「花公，人家都來了嘛！鬧僵了砸了這吉喜祥氣，還不快請何姑娘喝杯壽酒！」

只見那老婆子馮不八問：「這女人是幹什麼的？怎麼那姓花的孤獨鬼會這般的厚此薄彼？」

老頭子陳不丁支支吾吾地道：「她……她是做那些的……」

馮不八奇道：「哪些？」

陳不丁期期艾艾地道：「那些……」

馮不八叱道：「那些是哪些？」

陳不丁慌得失手弄翻了一杯酒，倒得整個衣襟都是，正要抹揩。

馮不八怒道：「你還沒回答我的話！」

陳不丁苦著臉道：「是那些……那種……嘿嘿……那類……」

旁人知他尷尬，但又深知馮不八的武功與脾氣，誰都不敢挺身出來圓場。

「迎送生涯呀！」那位黛衣翠鬟、高髻險裝、鳳珮雲裳、俊氣逼人的何小河倒是坦蕩：「老夫人啊，我們江湖女子苦命呀！哪有老夫人的福氣、命好？再說，男人不來找我們，難道我們當他們做蟹糕子綁紮了過來送金贈銀的不成？老夫人，別人都欺我們，你跟小女子拿拿主意嘛！」

「我啊！」馮不八過去拉著何小河的手，和藹的道：「原來是這樣！這有什麼不好，都是臭男人不好！小妹妹不要怕，老身罵了幾十年男人，今兒還要罵個飽！誰要是不給妳上席，就是跟我馮不八爲敵，咱們今天就在老身的鑌鐵老藏金龍雙牽虎拐杖下見個真章！」

方恨少向唐寶牛低聲道：「嘩，她的武器名字，幾乎有你外號那麼長！」

然而見她用那一根至少有一百五十斤重的大拐杖，遙指著花枯發道：「你！花黨魁，今兒要當老鬼還是壽翁？只要一句話，我馮不八一定奉陪。」

忽聽「噗哧！」一笑。

馮不八幾時被這樣羞辱過？眼光發綠，頓時大怒，龍頭拐杖往地上一蹬，發出「釭」的一聲價響，她尖叱道：「誰笑？」

大家見陳不丁尷尬不堪，花枯發也難以下臺，都不禁臉上幫笑，也有的強自忍笑，忽見馮不八大怒，而且眼瞼突然發綠——誰都知道她三大特性：一是喜與陳不丁發脾氣，二是愛保護小姑娘，三是眼光發綠就要動手傷人——人人都噤若寒蟬，笑容都凍結了。

偏生那麼巧，花枯發有一個最不長進的記名弟子，姓蔡，人戲而稱之「追貓」，乃譏他武功疏練，三腳貓的幾下功夫，只能用來追貓趕鼠。據說連對付犬隻也不易，他正好見師父花枯發被這矮老婆子指著痛罵，一喝一驚心，師父平日威嚴，而今竟然如此狼狽，忍不住想笑。

沒想到，突然之間，人人都不笑了，只有他笑容依然掛在臉上。

這時人人都向他望來。

他身旁幾位師兄，都怕沾上麻煩，「袋袋平安」龍吐珠、「丈八劍」洛五霞、「破山刀客」銀盛雪等人，全都向他望來。

這無疑是等於說：是他，是他……

蔡追貓指著自己的鼻子道：「我？」

站在他身邊的人都沉重地點頭。

馮不八怒了。

一怒，她的眼更綠了。

綠光暴射。

蔡追貓一面慘叫，一面搖手道：「不，不關我事，不關我事！」

馮不八正要出手，忽聽一個清脆得嗲嗲的、酥酥的、柔柔的，而又麗麗的語音道：「當然不是他呀！」

馮不八霍然回首，就見到一張芙蓉臉，長的眼，俏的臉，飛動著許多緋色的風流。

她是誰？

——當然就是溫柔。

◇◇◇

方恨少一直在扯溫柔的衣袖。

他在示意她不要說。

更加不可以承認。

他已看出來了。

他看出這老婆子實在不好對付。

可是溫柔才不管。

——的確是她笑的，爲何不敢承認？

所以她坦坦蕩蕩的說：「剛才是我笑，不是他。」

憑不八回頭一見這嬌俏俏的小姑娘，登時怒氣消了大半，變做慈和的語音問：

「妳笑什麼呀，小姑娘？」

「我笑您老好威風。」溫柔盈盈笑道：「把大夥兒都嚇得作不了聲。」

馮不八頓時心花怒放，對溫柔展顏笑道：「小姑娘，我也不是對人人都好的，待會兒咱們好好聊聊，有我在，哪個臭男人也不能欺妳。」

溫柔拊掌笑嘻嘻的，一面望著王小石說：「好啊好啊，那個欺我，婆婆跟我打他嘴巴。」

王小石只見馮不八盯了自己一眼，臉頰立即有點熱辣辣的，彷佛已給她摑了一記耳聒子似的，頓時滿不是味兒，只低聲問張炭：「這兩位就是江湖上人稱『不丁不八』，丈夫頂怕老婆的那對老夫妻了吧？」

張炭伸了伸舌頭道：「他夫婦倆的『雙拉牽虎式』和『老藏金龍式』，也當真不易惹呢！」

「他倆原是師兄妹，做師兄的當然讓著師妹啦……」

王小石恍然道：「難怪……」遂很明白陳不丁的「處境」。

馮不八明明跟溫柔在對話，忽平地一聲雷的喝道：「那黑臉小鬼伸舌頭是啥意思？」

張炭嚇了一大跳，忙稽首抱拳道：「義父『天機大俠』張三爸，特此向二位老前輩請安！」

馮不八這才頷首，道：「你既是張天機的義子，輩份可高啦！這禮就免了！跟老身請安，這還罷了，卻跟老不死的請什麼安！」她說的「老不死」，指的是自己的丈夫陳不丁。

陳不丁卻目發神光，一味笑瞇瞇的打躬做揖的道：「原來是賢侄，失敬失敬，免禮免禮。」

馮不八似不喜陳不丁插口，叱了一聲道：「還不趕快抹乾衣服！」陳不丁剛被燒酒淋了一身濕，沒他夫人吩囑，不敢抹拭，但他內力高強，熱力蒸發，酒漬早就乾了，而今馮不八這一吆喝，他反而不知所措、不知該拿什麼來抹揩才好。馮不八又掉首找花枯發的晦氣：「怎麼？你還讓不讓這位小姑娘進來？」

忽又咕噥道：「不行，今天一連見了兩個標緻的小姑娘，這是小姑娘，那又是小姑娘，怎麼分得清楚呢？」

何小河即道：「我姓何，叫何小河。」

溫柔也笑嘻嘻的道：「我叫溫柔。」

何小河走上前去，握住溫柔的手：「妹妹妳好。」

溫柔也笑瞇瞇的說：「姐姐……我還有個純姐，我就叫妳二姐好了。」

何小河見溫柔天真無邪，心裡著實喜歡，正想答話，只聽馮不八質問花枯發，花枯發強笑道：「我哪有不給何姑娘進來……況且，她不是已經進來了嗎？」

馮不八對花枯發的答案還是不甚滿意：「那你又揪著你的寶貝徒弟幹麼？」

花枯發這才省起自己一直揪住張順泰，他知道這老婆子十分不好纏，只好忍氣吞聲，且把一股氣發在張順泰身上：「都是你！我揪住你是要問你：爲何對青樓妓院的地方名字那麼熟悉，可以一口氣喊出來？」

張順泰還沒答話，那個頂冠雲髻的牽牛尊者已從鼻子裡哼出聲來：「你焉知道他喊的不是菜館的名字？你一聽就懂，師徒兩人，一樣貨色！」

花枯發正要發作，但見說話的人是牽牛尊者，此人比馮不八還要不好惹，心想今天真是做壽擇不得日子，只好強忍一口怒氣。不料陳不丁卻自做聰明的大聲道：「不對，不對，是留香園、孔雀樓、瀟湘館、喜鵲閣、卯字五號房，後面兩項，他說錯，他說錯……」

話未說完，眾皆哄笑。

而他也發現他的「夫人」馮不八，眼光發綠，正盯著他，好像當他是一隻黏在肉上的蒼蠅一般。

陳不丁現在真的「知錯」了。

花枯發也不想陳不丁出醜當場。

他也想趕快把氣氛弄好。

所以他找個話題。

「這幾位是……」他知道張炭年紀雖輕，輩份卻高，大家都不敢得罪這個黑煞神：「不知你的朋友高姓大名？」

張炭正想引介，忽聽有人打雷一般的說：「對了，我姓高，名叫大名。」

廿　棺材，又見棺材

「八大天王」來了。

他正是「八大天王」高大名。

「八大天王」是一個人，而不是八個人。

眼前這個人，要比唐寶牛更高，比唐寶牛更壯，比唐寶牛更有氣派。

他就是「八大天王」高大名。

◇◇◇

唐寶牛一眼望去，就覺得這人橫看豎看都看不順眼。

「看他神氣的樣子！」唐寶牛不齒的道：「這種人必定是四肢發達、頭腦簡單之輩。」

方恨少大有同感：「難怪我左看右看，都覺得他好像在哪裡見過，原來他倒跟你像了八分！」

唐寶牛惱了，正待發作，張炭卻道：「你可知他有哪『八大』？」

「他？」唐寶牛沒好氣地道：「他頭大！」

沒料張炭拍手笑道：「對了，他的頭比誰都大，而且比誰都硬，跟他交手，可要對他的『鐵頭功』防著點。」

方恨少奇道：「人說練『鐵頭功』定必脫髮，不是光頭也是禿子，這人怎麼還滿頭黑髮？」

「他？」張炭幾乎是咬著方恨少的耳根道：「他戴假髮。」

「假髮？」

「對，他自己黏上去的。」張炭道。

「不要臉！」唐寶牛更瞧這人不順眼了。

「戴假髮有什麼不要臉？」張炭笑道：「隋唐時候，不知有多少文人雅士名流達官貴人名妓，興著戴假髮、假眉、假鬍子呢！」

溫柔興致勃勃的問：「那麼，這人其他『七大』又是什麼？」

「他？」張炭如數家珍：「鼻大、拳大、嘴大、名大、命大、腳板子大，還有一大，不便告訴妳。妳別小看他這八大，其實都有點真本領。」

溫柔不依，推推搡搡的扯著他道：「你告訴我嘛！快告訴我！」

張炭這次忙不迭搖手：「告訴妳？開玩笑！不能不能。」

方恨少自作聰明：「我猜是膽大。」

「大你個頭！」張炭笑啐道：「他的膽子最小的了！」

溫柔咋舌道：「這麼高大個卻膽小？」

唐寶牛這才對「八大天王」有些「好感」起來：「好眉好貌長沙虱，這並不出奇，樣子對稱，貌德俱備的人，本就沒幾個。」

方恨少頷首道：「對了！像你和高大名，卻有點貨不對辦。」

唐寶牛這回真的氣了：「什麼？」正待發作，卻被一陣吹打喧囂之聲打斷。

他們初以爲是賀壽的音樂，心忖：這花老頭兒倒是要把一場大壽辦得冠冕堂皇。「八大天王」正跟花枯發大聲賀壽，說：「你老的賀樂哪裡請來的？奏得忒也特別！」

花枯發堆滿笑容，聞語卻呆了一呆，道：「不是你給老夫賀壽的班子麼？」

「我？」八大天王大嘴一咧，笑道：「我哪有功夫辦這些事兒？」

花枯發道：「說不定是尊夫人『一葉蘭』佟女俠的好意吧？」

「你是說勁秋？」八大天王「嗤」地一笑，笑聲倒像十足了唐寶牛：「她連家裡都沒心神打點，一味嗜賭，我都十來天沒見著她了。」

這時樂聲漸近，細聽之下，隱隱有點不對勁。

這音樂聽去儘是哀涼，像悼魂似的一催一放，曲折間痛心不已，哪有什麼喜樂可言？

這時，張順泰又氣急敗壞的跑了進來。

花枯發不想敗了壽宴的興頭，心中打定無論發生什麼事情，都要沉著應付，一把捉住張順泰，問：「什麼事？」

「棺棺棺棺棺……」張順泰語無倫次。花枯發白眉一剔，隨而沉壓到眼蓋上，在眉心擠出一個刀刻般的「川」字：「官差來了？」

「不是官差，」張順泰搖手擺腦以助表達：「而是棺材！」

「有人送一口棺材，給您老賀壽來了！」

◇◇◇

一副黑漆的棺材，上面寫著花枯發的名字，居然還有「孝子」捧著花枯發的靈位。

花枯發平時最迷信。

今天是他大壽的日子。

這分明是觸他的霉頭。

他幾乎是衝出去，把那一干吹打哀樂的人打得人仰馬翻，抓住幾個人來逼問：

「你們為啥要這樣做？」

「是有人給銀子要我們送這一口棺材來的。大爺饒命，我們什麼都不知道。」

「是誰給你的銀子？」

「一位穿大紅衣袍的大爺……他給了我三兩銀子，我便當了孝子。」

「他？」

花枯發一聽，在大宅子前握緊了拳頭。

◇◇◇

王小石剛聞有人送來一口棺材的時候，愣了一愣，隨著大夥兒出去一看，只見是一副上好壽木，密縫鑲邊，心中兀自驚疑不定。

張炭低聲噓了一口氣道：「棺材！又見棺材！」

唐寶牛也有些疑神疑鬼：「莫不是雷損沒死……」這一下，卻說中很多人的心事，連來道賀的賓客，不少人都變了臉色。

——雷損畢竟是這城裡黑窩子裡的老大！

——老大中的老大！

這時，八大天王卻打了個仰天哈啾！

這一聲失驚無神，直似隻什麼野獸大吼一聲，把眾人都嚇了一跳。

連溫柔也吃了一驚。

她撫著心口，忿忿地啐道：「打個噴嚏也這麼誇張，鼻頭都打死了幾塊肉吧！像雷公似的，一噴嚏要劈倒一株神木不成？把人給唬得失心喪魂的。」不意她自己又打了兩個噴嚏，聲音小得似連鼻上的蚊子也驚不走，活像可憐小動物的兩下嗚咽。

那站在不遠處的八大天王悠然道：「哎，弱小生命，這樣打噴嚏，也沒幾根鼻毛知道。」

溫柔怒得杏目一瞪，柳眉一揚：「你說什麼？」

八大天王沒理會她，只自對自說：「我傷風。」

方恨少在旁看得眉飛色舞，道：「很像很像，只一點不像。」

唐寶牛奇道：「像什麼？」

「他說話的神態真像你，敢情是你自出娘胎就失散了的兄弟。」方恨少擠眉弄眼的說：「可就有一點不像。」

唐寶牛本待發作，可是又想聽下去，便問了再說：「哪點？」

「你怕溫柔。」方恨少用下巴一呶，道：「他可不怕。」

唐寶牛正要咆哮，忽聽一聲大吼：

「溫夢成！」花枯發在宅子外指天大罵道：「你這王八羔子，你可毒著呢！趁這壽日你攬這玩意來犯我的禁忌！」

不知就裡的人，都覺得溫夢成過份，一向深知「發夢二黨」兩大黨魁鬥氣十多年的朋友，則是不以爲怪。

花枯發氣還未平，兀自大罵道：「姓溫的，你不上串、不長俊、不中相與的東西！我花某沒惹著你，你處處犯我嘔氣，好，看我明兒不砸了你的大門娶了你的媳婦！」

這回話沒罵完，只聽棺材「喀喳」一聲，又忽地一響，一人霍然撐了上來，一身大紅的衣，白髮如皓，哈哈哈笑了三聲：「姓花的，你這般搶天呼地、潑婦罵街樣般做啥？去年我嫁女兒，你叫人把我女兒的衣裳剝光，害她躲在花轎裡不敢出來，誤了良辰吉時，這又是啥意思？」

花枯發嘴角彎了彎，吭地從鼻子噴了出來：「你肯伸頭出來了嗎？老某那次叫『一葉蘭』下的手，大家是婦道人家，已算手下留情，你女兒也沒丟醜！誰教你去年趁我拜見諸葛先生，你著牽牛尊者在我背後黏上紅藍綠三隻烏龜，這又是哪門子的玩意？」

溫夢成哈哈哈笑三聲：「你就要問你自己的醜事，去年青羊宮廟會，你一腳踩在我的新鞋上，這又是誰先起的釁！」

「你忒也小氣！」花枯發跺著腳大罵：「是你先把茶水潑到我衫裙上的！」

「我小氣？」溫夢成指著自己的大鼻子，白眉、白髮、白鬍子一起幡然而動：「是你先在會場上向著我放屁！」

「你放屁！」花枯發鐵青著臉大罵。

「我小氣就沒屁可放！」溫夢成道：「我小氣今日還會給你送這份大禮？」

「大禮？」花枯發氣得什麼似的：「我做壽你送棺材，這就算大禮？」

「你盲了不成？」溫夢成往棺材一指，罵道：「這還不是大禮？」

花枯發嘿聲道：「你有種就不要先上我家門……」話還未說完，一眼看見棺材裡的事物：

那是一個三角臉的漢子，就臥在棺材裡，胸前還擱了本殘破的書。

花枯發一看，登時就罵不下去了。

「不上你家門就不上！」溫夢成氣憤塡膺地道：「要不是我親手把你那位破教出門、偷了你的『一葉秘笈』的寶貝徒兒趙天容擒著了，你叩頭請我我還不來呢！」

這回輪到花枯發一時答不上口來。

「三十六著、七十二手」趙天容是他第四位徒兒，可是這人不長進，貪花好色，還去採了花，惹起大禍，花枯發雖然護短，但也嫉惡如仇，馬上要縛趙天容送官處置，不料趙天容卻先下手爲強，偷取了花枯發的內家拳譜「一葉秘笈」，一走了之，花枯發請動江湖道上的朋友和弟子去追捕，均不得要領。

沒料到卻已被溫夢成拿下，送了過來。

花枯發把話說僵了，這可擰不過來。

花枯發又不願當著眾人面前氣衰，只好強辭道：「你把這王八蛋押回來，也不必扛一口棺材送來。」

溫夢成道：「他就是扮孝子，假送殯，想藉此溜出京師的，我逮著他，把他封了穴道，塞入棺裡，原裝不動的親自送了回來，怎麼？你打鑼都找不著的人，如今給我輕易辦了，丟了顏面不認帳呀你！」

這句話一說，花枯發面子掛不上，眼看兩人又要衝突起來。果然花枯發撒潑的道：「這是我的徒弟，他犯了事，誰要你來做棟？我故意放他一馬，你以大欺小，也不臉紅，更不知做啥居心！」

溫夢成氣得哇哈一聲：「你這算橫著過江啦？好哇，你說，你說，我有什麼居心？」

「你武功練著練著，就走到井底裡了。」花枯發眼角瞥見棺材裡的那一本書，心生一計，靈機一動，頓時有了話題：「你覬覦我苦心創研的武學秘笈已久，你以為我不知道？說不定，就是你唆教他幹的好事！」

「你你你你你！」溫夢成氣上了頭，忽然省起他今天是來氣花枯發而不是被花枯發氣的，登時強轉了語氣，哈哈哈又笑了三聲。

「我知道了。」

溫夢成含笑不語。

花枯發明知沒好話，但又不得不問：「你知個屁！」

花枯發憋不住了，只好問：「你知道什麼？」

「難怪，難怪，」溫夢成說：「你徒弟好色採花，人神共憤，原來是上樑不正下樑歪，怪不得他！」

「你含血噴人！」花枯發氣得像隻活蝦般跳起來！

「嘿！我可沒胡說，是你剛才承認的，你要放趙天容一馬！」溫夢成道：「要不是同流合污，沆瀣一氣，你怎會光放著淫徒不嚴懲！」

說罷，哈！哈！哈！哈！笑了三聲。

「你看你，奸的你！」花枯發氣暈了頭，居然給他想到反唇相譏之策：「說話前要笑三聲，說完後又笑三聲，奸得連笑都十足個奸相！我倒想起來了，你千方百計，處心積慮，爲的不過是想偷學我的秘笈。你開口要好了嘛，憑我倆的交情，我還會對你藏私不成？」

「你那本臭破爛書，我翻都沒翻過！」

「誰知道？」

「你那些三腳貓跛腳鴨的功夫，我才不希罕！」

「天知道！」

「你不信？」溫夢成一手把躺在棺材裡的趙天容揪了上來，怒道：「你可以問問你的寶貝徒弟！」說罷疾點活了趙天容身上所封的穴道，厲聲問：「你說，我有沒有碰過那本破書？」

趙天容可苦起了臉孔。

他不敢說「有」，因爲命在溫夢成手上。

他一看師父花枯發的臉孔，也不敢說「沒有」——要是他說了，就算溫夢成放了他，他也做不成人。

花枯發現在似已全忘了理，拚命向趙天容擠眼睛、挑眉毛：意思要他指證溫夢成確有偷竊過「一葉秘笈」。

遂見趙天容還是不表態，他乾咳一聲道：「你這可不是糊塗了嗎？姓溫的一向狡詐貪婪，爲了這本絕世秘笈，把你坑了，你怎地怕了他，不敢指證？難道忘了平日爲師說的話了麼？」

這一番話，無疑如同暗示趙天容，只要肯指溫夢成盜書，可能還會准他回到門牆之下，至於在外犯的事，也不一定再作追究。趙天容把心一橫：這是師父的地頭，就算我誣他，難道他真敢殺我不成？當下便大聲叫道：「師父明察秋毫！書，是溫師伯叫我偷的，他要徒兒做那些喪德敗行的事，以破壞師父的聲譽，徒兒……敵不過他，唯有忍辱偷生……才致作出這些丟人現眼的惡行來！」

這句話一說，眾人都靜了下來。

靜下來看看溫夢成。

——趙天容說的話，可大可小。

——小的話當然無人置信，大的話足可叫溫夢成絕跡江湖。

這畢竟還是個講道義的江湖。

江湖人自有他們的一套義氣觀念。

——溫夢成要是真的這樣做，只怕黑白二道，都容不下他！

「道義」，便是這江湖上令人留戀下去，激情沖擊的重心。

這干豪勇之士，對世間規矩，俱可以不放在眼裡；但對良知上的規矩，卻無人不敢有逆。

——江湖上的漢子，誰不是這樣子？

——誰不是這樣子，誰便不是江湖上的漢子！

◇◇◇

花枯發笑了。

他的笑意陰陰森森。

——既然溫夢成做了這樣子的事，他就不能算是江湖上的好漢。

這樣看來，他好像是佔了上風。

「說得好！」花枯發一把手將趙天容抓了過來，跟他幾乎臉貼臉的，眼睛眯成一枝針般的自對方的眼窗刺入心臟裡去：「我本待給你一個機會，放你一條生路，可是你爲了脫罪求生，連自己師伯也敢誣衊，像你這種人，活下去還有什麼意思？」

他那張又枯又瘦又蒼老的臉，出現了一種很特異的光采，彷彿他的心在體內發著光，使他臉容也透著光：「告訴你，你師伯這人雖沒出息些，但你說的事，別說我瞧不起他，他這一輩子不敢幹，下一輩子也不會幹，一百輩子也輪不到他來幹！」

趙天容這次真的是孤立無援，手足無措，只怕師父一運力把他捏殺了。

趙天容哀聲叫道：「師父，我，我……師伯，我……」

「我你個頭！」花枯發一擺手，幾名弟子應聲而前，他吩咐道：「把這廝給押下去，嚴加看守，明日我會將他送官嚴究。今天是老夫大壽日子，來來來，別壞了興頭！」

隨而向溫夢成道：「我只試這小子一試，唉，沒料七年來，教出了這麼一個狼心狗肺沒出息的東西！」

溫夢成哈哈笑道：「不錯，不錯。」

花枯發奇道：「唏！什麼不錯？」

「有其師必有其徒，虎父無犬子。」溫夢成笑著說：「你這位寶貝徒弟可真像你，得你真傳！」

廿一　飛箭不動

眾人以為這對老冤家又要鬧起來了，誰知他們卻言歸於好，拿回了棺廓裡的秘笈，兩人手牽手的回到大堂去喝壽酒，殷勤招待客人去了。

大家見沒熱鬧可瞧，這才又到酒宴上熱鬧。方恨少嘖嘖有聲地道：「都是群愛看人打罵的無聊之徒。」

這回輪到唐寶牛加了一句：「倒十足像你。」

方恨少盯了他一眼。忽聽「哎呀」一聲，循聲望去，只見八大天王在人叢裡指著正笑盈盈望著他的何小河，結結巴巴的道：「妳……妳……妳……」

何小河眉眼生春，叉著腰笑道：「你你你，你什麼？」

八大天王驚愕得似未回過神來：「妳怎麼也在這裡？」

何小河似笑非笑、沉聲道：「你來得，我就來不得？」又曬聲道：「你來，我當然就來了。」

「我來了，妳妳妳，妳可以不來。」許是太過意想不到在這兒會見到何小河之故罷，八大天王顯得有點語無倫次：「其實，早知道妳來，我就不來了。」
何小河卻在此時呶起了腮，撒嬌的道：「你這話是什麼意思？」
「我，我沒有意思；」八大天王左右爲難的道：「我對妳，沒意思。」又怕說岔了，趕忙補充的說：「我的意思是說，我沒別的意思。」
何小河頓時粉臉透寒，臉色一沉，尖聲道：「那你從前答應過的話呢？」
八大天王一見她生氣，更加失心喪魂，提心吊膽的道：「什麼？我答應過妳什麼話來著？」
何小河嘴兒一扁，淚兒幾要奪眶而出：「你、你忘了！」眼淚已掛到眼邊：「你竟然忘了！」哭的時候，居然還很有煞氣。
八大天王更慌了手腳，手忙腳亂的道：「妳妳妳，妳可別哭，這兒人多，怎麼說哭就哭起來了呢！哭不得！快別哭！」
何小河脾氣一旦發作起來，越發不可收拾，才不管人前人後，八大天王這一說，何小河倒真哭出聲來。
馮不八拐杖重重的往地上一頓，鼻子裡也重重地哼了一聲，問何小河：「這小子欺負妳了？」
何小河抽抽噎噎，雙肩搐動。

馮不八眼光一綠，道：「好，我替妳出頭去！」

陳不丁忙截止道：「老婆子，這干妳何事，妳不分青紅皂白，就接上這樑子，豈不……」

馮不八目中寒光大盛：「豈不什麼？」

陳不丁頓時拉抖抖了起來，半吞不吐的說：「那是人家的事，妳也犯不著……」

「什麼？」馮不八喀啦啦虎頭龍身拐杖挫地一頓，大聲張揚道：「自管門前雪，不管他人霜，江湖上就是你這種自私膽小的人，才致俠道不倡！誰說不干我的事？我是女人，他欺負女人，我馮不八就要插手，管定了！」

陳不丁見大家都往這兒注目，臉上很不好看。

陳不丁委曲求全的道：「好好好，萬事好商量，妳就別再嚷好不好？」

馮不八一聽，反而振起了嗓門：「你們來評評理，我說的有沒有理？」說著把拐杖一橫，看她的樣子，不是問人她到底有沒有道理，而是在看誰人敢說她無理。

那干好事之徒，一則事不關己，二則想看熱鬧，都哄然答道：「有理！」「他奶奶的有理透了！」「馮女俠的話一向有理！」「陳老夫人，大快人心！」

馮不八登時洋洋自得，只及時「糾正」了一句：「我是馮大小姐，一向不從夫姓，別叫我陳大夫人！」

那江湖多事之徒忙道：「是是是，馮姑娘說的有理！」大家都震於她的威名，誰敢惹得一身蟻？

八大天王這下可惱了，責問何小河：「妳瞧！這是花二哥的壽宴，妳這麼一攪擾，不是弄擰了嗎？」

何小河雙手仍搗著臉，指縫間只見淚光閃閃，像一道道流動的小河。

八大天王煩不勝煩，一頓腳，就要離開此地，忽聽「唬」的一聲，馮不八的大拐杖已攔在他面前。

八大天王瞠目道：「妳想幹啥？」

馮不八道：「你想走？」

八大天王道：「哼，關妳何事？」

馮不八道：「你欺負女人，就關我的事。」

八大天王心情欠佳，故意道：「我欺負女人，又跟妳有何關係？」

馮不八拐杖一頓，把胸一挺，道：「因爲我也是女人。」

「妳也是女人嗎？」八大天王端詳了她半天，居然搔著頭皮道：「嘖嘖嘖，妳不說，我倒一時看不出來。」

馮不八怒極，挺杖要砸，八大天王連忙閃開，怪叫道：「妳這惡婆子，怎麼不講理！」

馮不八杖風一起，把眾人都逼了出去，只聽杖風呼呼，馮不八也再不打話，立意要給八大天王一個好看。

一時盤翻桌掀、杯碎碟裂，來客紛紛走避，亂作一團。

花枯發變臉道：「八大，你這算什麼意思？」

八大天王一面閃躲，一面大叫：「是這惡婆娘動的手！」馮不八招招狠著，八大天王已閃躲得狼狽不堪。

花枯發揚聲道：「馮大妹子，妳這豈不是跟老夫過不去嗎？」

馮不八齜齒道：「你請這種敗類來，物以類聚，也不是好東西！」

花枯發見好好的一個壽宴，給人如此搞砸，心中也有氣，捋起了袖子，戟指向陳不丁，說：「不丁兄，你這算沒把兄弟看在眼裡了？也不管束管束！」

陳不丁苦哈著臉道：「管束？她不管束我，已經算好的了。」

馮不八挺杖追砸八大天王，卻是耳聽八方，聞言叱道：「什麼？你說什麼？」杖舞得更烈了。八大天王一連以空手入白刃、大搜羅手、八步螳螂、七十二路擒拿、番子鷹爪、流火身法、飛金流步、授衣拳法，都搶不進去。

可是他搶不進去的武功，已足以震住到賀的一干武林豪士。

——八大天王，果然名不虛傳！

——可惜遇上了馮不八。

——馮不八人小杖粗，那一根拐杖，是比她還高三倍重三倍，一旦旋舞起來的時候，直似杖舞著人，而不是人使著杖！

八大天王遇上了她，他的「天王八式」似全都不管用了。

王小石看得有趣，知道張炭對江湖軼聞瞭如指掌，而且一向愛探人隱私，便問：「這幾個人到底是怎麼回事？」

果然張炭如數家珍：「陳不丁和馮不八這對鬧事夫婦，自是天下聞名，只不過一向都是馮不八惹事生非，陳不丁到處補鍋，苦在心頭……」

「要是我，」唐寶牛鼻裡哼哼的道：「乾脆把這惡婆對付了，見一次揍一頓，看她還敢兇不！」

「可惜你沒那麼好福份；」張炭回敬一句，然後說下去：「八大天王高大名跟『一葉蘭』佟勁秋也是對鴛鴦俠侶，只不過高大名好拈花惹草、酒色風流，他聽說留香園裡的何小河艷色天下重，便生非非之想，一見之下，驚爲天人，果然死纏爛打、窮追不捨……」

王小石微笑問：「可是八大天王已有髮妻了呀！」

「可不是嗎？」張炭道：「八大天王追求何小河的消息傳了開來，江湖上傳得沸沸揚揚的，開始的時候，何小河儘是愛理不理，這可連高大名的老婆佟勁秋也風聞了，跟她夫婿大吵一頓，在場人人都說：是佟勁秋扯著高大名的耳朵離開的。這一走之後，高大名竟也覺了悟、轉了性似的，不再上孔雀樓了。沒料風水輪流轉，高大名不去找何小河，何小河便失落了什麼似的，轉過頭來找高大名，高大名不睬不睬，來個相應不理，何小河便糾纏不休，大家都傳說：敢情是報應。高大名想必已嚐了甜頭，成了入幕之賓後，藉他老婆尋釁虛晃一招，來個金蟬脫殼，甩了何小河啦！」

王小石笑道：「你這是聽來的還是猜的？忒也刻薄！」

張炭也笑道：「無刻不成薄嘛！」

唐寶牛眼睛發亮，喃喃地道：「這何姑娘倒也可憐。」

方恨少應道：「照呀！跟你可天生一對！」

唐寶牛以為他說真話，臉上居然一紅，只道：「高大名太可惡了。」

方恨少慫恿道：「去呀，去跟馮不八一起聯手對付高大名，然後再一把將你的夢中情人奪了過來。」

唐寶牛一愣，道：「夢中情人？」

方恨少忙向他眨了眨眼睛：「馮不八呀！」

唐寶牛惱怒起來，若不是因爲何小河忽然發話，他便要立時發作了。

只聽何小河叱道：「住手！」

馮不八一愣，手底下可攻得更猛烈：「妳耐心一下，老身很快就把這小子大砍八塊。」

何小河叱道：「妳停不停手？」

馮不八呆了一呆，沒領會何小河的話是什麼意思，何小河忽然一揚袖子。

「嗖」的一聲，一支箭直掠而出！

何小河出手對付馮不八，這件事並不稀奇，就像有人想離間溫夢成與花枯發、挑撥陳不丁與馮不八一般，打死不離親兄弟，上陣不離父子兵，夫妻本是同林鳥，知交更是唇齒依，她打殺高大名卻還可以，就是容不得別人傷害他。

對此，王小石並不驚奇。

奇的是她的箭。

一支粗箭。

箭非射向馮不八，更不是射八大天王。

而是自兩人頭頂上橫掠而過。

——這一箭明知射空，爲何要射？

——這一箭是啥用意？

大家心生疑竇之際，這飛行極速的箭，就在兩人頭頂上，竟頓了一頓，箭肚裡忽然「嗶」的一聲，彈出一枝小箭，直射而下！

小得像一根睫毛般大小的小箭。

這枝小箭，才是攻擊的主力。

粗箭只讓人驚疑不定，轉移視線。

——箭中箭！

這箭來得快而突兀、令人防不勝防。

——誰也不知道馮不八躲不躲得了。

因爲陳不丁已出手。

陳不丁飛身，橫空抓住粗箭，以粗箭砸掉小箭，然後落了下來，向何小河戟指怒道：「她幫妳，妳竟這樣對她！」

何小河倔強地道：「誰叫她傷害他？」

陳不丁氣得一愣，那邊廂爲了這一箭，馮不八和八大天王都住了手，陳不丁向馮不八抱怨道：「人家是一對兒，犯不著妳來多管閒事！」

馮不八正待要責問何小河，何小河一聽「一對兒」，心裡一酸，已掩臉泣著掠了出去，八大天王一面叫：「小河，小河……」一面也追了出去。

方恨少向唐寶牛調侃道：「你要不要也追去看看？」

忽見王小石神色凝重，似有重大疑問未獲解決一般。

方恨少詫異的問：「怎麼了？」

王小石一省，只匆匆的道：「他們不知鬧成怎麼了？我過去看看，很快回來。」說著，便越眾而出。

張炭奇道：「嗯，他怎麼了？」

方恨少道：「他好像有些心事。」

張炭略一沉吟：「我去看看。」

唐寶牛忙著說：「我也去。」

張炭卻有點遲疑：「這……」

方恨少笑道：「不讓這頭牛去，他會悶悶不樂的，去也無妨，溫柔這兒有我看著。」

張炭點頭爽快地道：「那也好，你警省著點。」

方恨少笑啐道：「是了。」

張炭與唐寶牛匆匆而出，花枯發和溫夢成趁機圓場，囑家丁重新擺設酒宴，請賓客入座，笑呵呵的道：「諸位大駕光臨，為老夫祝壽，剛才小小的不愉快，大家過眼盡忘吧。」

花枯發又道：「老夫特別把『十石水』釀製的『九醞酒』奉上，供大家品嚐品嚐。」

眾人哄聲說好。蓋因花枯發雖不擅飲，卻善於釀酒，與溫夢成恰好相反。

花枯發宅子裡設有槽坊，分內缸窯和窖室，以為高粱飯發酵之用。缸與窖不同，一是埋之於地，一是掘地為坑，以磚牆阻砌。

首先要將高粱磨碎加水，隔日盛入簸箕，再傾入甑內蒸熟。再用木塊掀掐，置於冷場，澆以熱水，然後再掀撥，務使高粱飯不結成塊，俟其冷卻後，以麵粉攙入拌勻。

拌勻之高粱飯下缸或入窖後，要壓緊裝滿，上鋪以高粱殼，再塗泥於上，厚達數寸，以隔絕空氣。三四日後，逐漸增溫，若氣體將封泥衝破，即予加封，不讓酒精蒸發，害菌入侵。約經十日，即成醅子。

這時候，先將醅子用簸箕盛取，輕撒於甑內篦子上，平鋪約三四寸厚，俟甑下鍋內蒸氣上升，裝滿醅子，才上蓋置錫鍋中，錫鍋外殼貯冷水，水熱即行注入冷水，透過醅子之蒸氣衝入錫鍋，遇冷即凝成酒露，順錫鍋內壁凹槽流缸而出，再注入酒罈甕中。

如此繼續加麴發酵，重行蒸發，每日蒸酒甑數始終相同但繼續不斷，故俗名「套酒」。這是蒸餾釀酒之大略。花枯發用的是「十石水」，並泡以鴿子糞，喝著勁頭沖，只覺暈沉，是爲「上頭」；他的「九醞酒」特別加工，滋味甘甜，不沖嗓子，喝後清唱更加響亮，味濃不帶糖味，也不沾酸，但醇入肺腑，後勁極大，喝時不覺如何，但一遇風即生騰雲駕霧的感覺。

花枯發釀酒本就著名於世，大家聽得他把醞釀多年的好酒都拿來奉客，自是歡欣。

溫夢成笑道：「我這就把你這孤老頭的酒一次喝光，讓你心疼心疼也好。」

「行，行，你別眼寬肚窄，喝不了幾杯就嗚呼哀哉！」

花枯發絕不示弱：「你喝多少我奉多少，喝醉了舌頭咬著牙齒，可千萬別來觸我的霉頭、犯我的禁忌。」

廿二　酒和女人

溫夢成沒好氣的道：「誰犯你的禁忌？」

眼看兩人又要頂撞起來，牽牛尊者忽道：「喝酒就喝酒，不趁著興喝，大夥兒就回家抱奶奶去！」

牽牛尊者話說得粗俗，但極有份量，溫夢成與花枯發一聽，也沒第二句，都舉杯向大家敬酒。

這一干人，除了溫柔和方恨少，就算不嗜酒，見這是難逢難遇的好酒，也都堆興喝上一些。

溫柔不喝酒，那是因爲：「酒？沖喉得很，都不好喝的，臭雞蛋才喝這種玩意。要是喝這種倒胃的東西才算有才氣，那不如說是醺天酒氣對辦一些。」

方恨少也不飲酒，道：「酒？一失足成千古笑，再回頭是百年人。如果不是入世之心已絕，誰會飲酒高興？若非挽瀾之志已滅，誰要藉醉佯狂？如果這傷人腸肚的東西不喝不成詩人，這詩字跟殭屍的屍也差不了多少意思！」

溫夢成則不然，他正酣飲暢吟：「天若不愛酒，酒星不在天；地若不愛酒，地應無酒泉！」

花枯發只釀酒，酒，只作淺嚐，理由是：「鑄劍的未必善於用劍，精於兵法的未必就是武林高手，我會釀酒，卻不勝於酒力。」

每個人都對酒有不同的意見。

但這一干人，喝酒的時候，比起其他的人，有一個明顯的好處：

那就是他們並不勉強別人喝酒。

酒，喝不喝要看興趣，強迫人喝酒那是件煞風景而且無趣至極的事。

愛喝酒的，喝得腸穿肚爛也甘之若飴。

不喜歡飲酒的，硬迫他喝，則如同受刑。

喝酒是件高高與興的事，高高興興的事應該自動自發，而不是強人所難。

溫夢成嗜酒，但因爲他喜愛酒，便不會灌人狂飲，逼人苦飲，如此只浪費了酒，暴殄天物。

正如花枯發喜歡釀酒，他也不會強逼別人一起來跟他釀酒。

他只喜愛看人喝酒。

喜愛看人喝他所釀的酒之神情。

那是愉快之極的神情。

看的人也是一種享受。

一種極之愉快的享受。

他自己對酒，只是淺嚐即止。

但淺嚐即止也是喝酒。

——雖然喝得少，但也算是沾了酒。

據說江湖上的漢子，有兩樣事物是沾不得的：

一是女人。

一是酒。

其實女人和酒，也不是真的完全「沾不得」，只是這兩樣事情，都很容易「亂性」。

——酒量再好的人，也會醉。

——多美的女人，還是人。是人就會傷人、害人、利用人，甚至殺人。

喝了酒就會什麼事都幹得出來，其中當然包括平時不敢幹的事。

人總會有清醒的時候。

清醒後發現自己幹了這種事，很可能就會後悔得痛不欲生。

當然，在這壽宴裡，大家都是江湖人，喝上一點酒，那是乘興快意的事。

至於女人——讓陳不丁和八大天王他們去煩吧！

在座賀客，偶爾念及酒與女人，都會這樣想。

喝一點酒當然無傷大雅。

卻沒料這「一點酒」也惹來了麻煩。

相當大的麻煩。

◇◇◇

酒過三巡，花枯發自然是要起身作一番謝辭。

他先敬在席的人三杯酒，正待說話，忽聽席上的牽牛尊者一聲悶哼。

這一哼，把花枯發擬在心裡的一番說辭，窒了一窒，竟使他忘了開場白，支吾了半天說不出話來。

好不容易才再想了起來，正要發話，忽聽牽牛尊者又一聲低吼。

這一下花枯發可心裡有氣了，以爲是牽牛尊者故意搗亂，再不理會，清一清喉嚨，朗聲道：「承蒙各位看得起，光臨老夫這個……」

忽聽牽牛尊者一聲大吼。

好像一頭受傷垂危的獅子，突然振起。

眾人皆嚇了一跳，花枯發氣白了鼻子，向牽牛尊者戟指怒道：「尊者，我敬你是前輩，你卻三番兩次……」

牽牛尊者卻倏地一踏步上前，一伸手已扣向花枯發的脈門。

花枯發本能地一縮手，牽牛尊者五指骨瘦嶙峋，吞吐變化間，卻仍抓住花枯發兩隻手指。花枯發只覺一陣刺痛，直入心脾，怒叱道：「你幹什麼？」啪啪二聲，手指已被折斷。

花枯發又驚又怒，牽牛尊者乍然放開了他的手指，同時間，已扣住了他的肩膊。

就在這時，紅影急閃，牽牛尊者驚覺身後有七道攻勢、驟風暴雨般湧至！

七道攻勢都十分凌厲，正是攻牽牛尊者之所必救。

七道攻勢都是從一人身上發出來的。

溫夢成。

自然是溫夢成。

當然是溫夢成。

這十數年來，溫、花二人根本沒有一天和好過，但與花枯發為敵的人，多被溫夢成率先解決了；與溫夢成作對的人，全給花枯發料理了。想要挑撥離間溫夢成和花枯發的人，早就給溫、花兩人追殺於三千里外。

◇◇◇

牽牛尊者冷哼一聲，抓住花枯發肩膊的手一鬆，回手拆解了這七道攻勢。他傷花枯發雙指，再扣住花枯發肩膊，然後化解溫夢成的攻勢，全是用一隻手。

左手。

花枯發右肩上立刻多了五個洞。

正是五個血洞。

血正淌出，花枯發雙指也正痛得發抖。

可是他驚訝多於憤怒。

牽牛尊者向溫夢成和花枯發冷哼道：「我早該想到……你們是一夥的！」

溫夢成一愣，道：「你說什麼？」

牽牛尊者一側首，就像佛寺裡一尊瘦削的羅漢雕像，忽然歪了頭。

他彷彿要歪著頭才能看清楚前面兩個多年的老友。

花枯發的驚訝慢慢加上了憤怒。

他正在做一件事。

他正舉起他的右手。

可是他舉不起。

——原來他已失去抬起他右手的力量！

他第一句就吼道：「不是我！」

然後悲憤地向一夥來客咆哮道：「是誰？到底是誰幹的事？」

全場賓客，爲之愕然。牽牛尊者退了半步，皺眉、搗胸、乾唇下拗：「不是你！不是你！好，好！」

溫夢成一時未能會意，忽然，白髮一篩，向花枯發惶恐的瞪了一眼，然後，他也在舉他的手。

右手。

右手重如山。

——彷彿右手忽然間不屬於他的了。

溫夢成終於明白了。

他明白了究竟是怎麼一回事，他也明白了爲什麼牽牛尊者會向花枯發出手。他大吼道：「是誰幹的？」

他這句話問出去之後，陳不丁、馮不八全變了臉色。

他們也在做一件事：

試圖舉起他們的右手。

結果全是一樣：

舉不起。

——大家的右手，全似在同一時間裡廢了！

溫夢成額上、臉上、鼻上，全佈滿了黃豆大的汗珠，花枯發臉色焦黃，牽牛尊者神情灰敗，陳不丁向花枯發怒叱道：「你說！怎麼酒裡會有『別來有恙』？」

此語一出，眾皆震住，一時之間，在場的沒有人不倏然色變。

座中江湖好手連忙運功一試，都發現自己右手已渾不著力，形同殘廢，紛紛向花枯發叫罵了起來。

「姓花的，你這是什麼意思？」

「你竟對我下毒？」

「快拿解藥來！」

「花殭屍，咱們無怨無仇，你爲啥要做出這等不上道的事！」

花枯發一時不知如何解釋是好？心神一散，真氣一亂，左足又開始發麻，花氏門下子弟，全護在師尊身前，生怕這些江湖人一個說不好就要即時動手。這些花黨子弟身形一動，也發覺自己右手已不靈便，就連左足，也有些不聽使喚起來，心中也都惶惑異常。

只聽溫夢成大喝道：「這不關他的事！」

群雄中了毒，群情洶湧，連聲喝道：「他們是『發夢二黨』，自然互相勾結，別聽他的鬼話！」

「你們故意製造混亂，趁機下毒，快拿解藥來再說！」

「沒有解藥，我們可要不客氣了！」

花枯發張大了嘴，慘然：「……這是……『五馬恙』……我……我沒有解藥……」

花枯發這一句話，一眾江湖人物，拔刀的拔刀、翻桌的翻桌，怒罵道：「花枯發，你想把我們坑在這裡，我們就先把你宰了！」

「你這算放咱們的喇喇咕，咱們活著跟你拚了，不教你多心！」

「花兄，你這玩笑開得忒大了，快把解藥拿出來，不然這樣可得要鬧出人命哪！」

花枯發苦著臉，一時不知怎麼回答。

溫夢成臉上全聚集了汗，化成一條條汗河，直往皺紋溝裡淌。

就在這時，只聽「扛琅」、「叮噹」幾聲，好幾個人的兵器都握拿不住，掉在地上了。

他們竟然連左手也不聽使喚了。

場中只有溫柔不明白。

她沒有喝酒，所以沒有任何異樣的感覺。

她也不明白這些人在說什麼、在幹什麼？

所以她問方恨少：「什麼是『別來有恙』？不是別來無恙嗎？」

這一問，倒是問出了方恨少愛「掉書袋」的脾性來，只瞇著眼道：「首先，妳知不知道什麼叫做恙？什麼叫做別來無恙？」

溫柔奇道：「恙不就是病嗎？」

「恙不止是病，也有憂患之意。」方恨少滔滔不絕的說：「『恙』作『憂』解，最先見於『國策齊策』。齊王使使者問趙威后，書未發，威后問使者曰：『歲亦無恙耶？民亦無恙耶？王亦無恙耶？』『爾雅釋詁』曾註釋：『恙，無憂也。』郭註：『今人云無恙，無憂也。』」

溫柔在等他說完。

「其次，此字作患疾解，最先見於『御覽三七八引風俗通』；書曰：『恙，病也，凡人相見及通書問皆曰無恙。』」方恨少還沒有說完，甚至連說完的跡象也沒有：「另又見於『漢書公孫弘傳』：『何恙不已』可見恙字可作有憂、疾病之義解。」

溫柔開始嘆氣了。

「妳別嘆氣，我還沒說完，恙，還有一個意思，那就是：蟲。」

「蟲？」

溫柔幾乎叫了起來。

不過，這時候大堂裡正鬧得如火如荼、臉紅耳熱，誰也不會去留意她這一星點的叫聲。

溫柔最怕蟲。

「對了。」方恨少見把溫柔逗興趣起來了，他自己就說得更加起勁：「在『史記』的『外戚世家』索隱的註腳中，就有『恙，噬人蟲也』之說。『匡謬正俗八引風俗通』中有云：『恙，噬人蟲也，善噬人心，人每患苦之。』」

溫柔聽得頭都歪了。

「妳耐心點，我說到正題了：恙，是一屬複眼多足小蟲，色呈鮮紅，長大作橙黃色不等，全身披毛，小者爲圓形，長逹近寸，多寄生於田鼠身上，喜伏於陰濕之地。被恙噬咬者不多時全身忽寒忽熱，頭暈目眩，心腔難受，重者亦會致命。」方恨少搖首擺腦的道：「所以古人視恙爲大敵，每見面時常曰：『相恤而云：『得無恙乎』？』」

溫柔聽得皺起了眉。

「怎麼？」方恨少得意洋洋的道：「妳想用什麼話來讚美我的博學？」

「我的天，你這種人，最好教人每日一字。」溫柔近乎呻吟地叫道：「這麼噁心的東西，虧你還牢牢記住。」

她又十分嫌惡地道：「你這東西，滿腦子記著都是蟲，你，你別靠過來！」方恨少一時啼笑皆非、分辯不得。幸好溫柔已在問：「那麼『別來有恙』又是什麼東西？」

「毒。」方恨少又被挑起了「好爲人師」的性子：「一種可怕的毒，無色無嗅，非一流鑑毒名家不能分辨，摻在水裡，一旦飲下，不同的恙毒便造成不同的結果。」

溫柔聽得頭都痛了。

「這種是什麼『恙』？」

「聽他們所說，正是『五馬恙』。」

方恨少彷彿在敘述一件古遠的武林軼聞，與先前情形全不相干似的：「這是『恙毒』裡最陰惡的一種：武功愈高的人，只要飲上一些，先是右手，後是左足，接著右腳，然後左臂，全部麻痺，不能動彈，再隔一天一夜，要沒解藥，恙毒便蔓延上頭，縱然保住了命也會成了白癡、廢人。」

溫柔驚心地道：「你是說……他們會……」

方恨少不經意地道：「對，要是沒解藥，就會變成廢人、白癡。」

溫柔動魄地叫道：「那你還不去救他們！」

方恨少這才驀然省起，這是當前要命的事！一時苦起了臉，溫柔在他肩膊一推，催促道：「還不快點嘛你！」

方恨少無奈得連衣服都皺了起來：「我……我只知這種毒物的來歷……我可不會醫……我也沒有……解藥呀……」

溫柔氣了。

「那你讀那麼多書幹啥？」她罵他：「讀那麼多書，一樣救不了人！」

廿三　雙葉

這時，大廳裡的人，大多已不能動彈。就算群雄想襲擊花枯發，花黨的人想抵禦，也變成不可能的事。因為他們都已「癱軟」。溫柔急道：「那些蟲……恙怎麼走到他們肚子裡？」

方恨少道：「因為酒。花枯發的九醞酒裡有恙，他們喝了，便這樣子了。」

溫柔怪道：「花老頭為何要下恙？」

方恨少道：「我看未必是他下的恙。」

溫柔不喜人駁她的話：「沒人下恙，那些恙大發酒癮，自己跑到酒裡去不成？我看姓花的獐頭鼠目，八成也不是什麼好東西！」

方恨少忙把頭搖得似博浪鼓一般：「以貌取人，智者不為——」

「為，為！」溫柔佛然道：「你那麼有大作為，有所為有所不為，又不去為他們解災救難，為善不甘後人去！」

方恨少苦了臉：「弊在我自己也不會解……」

忽聽有人道：「你們想要解藥是不是？」

這語音也不算大。

甚至可以說是低沉乾澀。

說話的是一個垂頭喪氣、瞇目欲睡的老人，誰也不知道，他是在什麼時候進來的。

他身旁還有一個人。

一個年輕而斯文得有點害臊的年輕人。

這兩人一出現，大廳的人引起一陣騷然。

要是在平時，他們早一擁而上，把這兩人剝皮抽筋，至少，也會把他們兩人攆出去。

可是現在這些江湖好漢卻苦於動彈不得。

人人都似變成了一堆軟麵糰。

但見到了這一老一少兩人，在此時此際出現，人人都變成了冷軟麵糰。

——因爲心都冷了。

「發夢二黨」的黨魁一見，兩人互覷一眼，那一老一少卻笑了起來。

老的笑起來老不要臉皮，少的卻含羞答答。

老的說：「老相好的，不認識老朋友啦？」
溫夢成冷冷地道：「任勞！」
花枯發恨恨的道：「任怨！」

◇◇◇

陳不丁一見他們兩人，想起刑房的人對一眾江湖好漢種種迫害，氣憤填膺，全忘了自己中了恙，叱道：「你們這兩個狗東西，這兒沒你們站的地方。」
陳不丁一開口，馮不八已臉色一沉。陳不丁雖中了毒，但仍一樣懼內。
馮不八沉聲道：「你嚷嚷什麼？」
陳不丁囁嚅地道：「我……我……罵他們幾句。」
馮不八自喉底裡勒著音問：「我叫你罵人啦？」
陳不丁不安的道：「沒有。」
馮不八剔著一隻沒有眉毛的眉：「沒有？」
「是……」陳不丁輕輕說道：「是我自己要罵的。」
馮不八哼道：「你自己罵的？你的膽子忒愈來愈大啦！脾氣也愈來愈大了，敢情不把我也罵一場出出大爺您的氣？」

陳不丁不敢再爭持下去，只說：「我收回就是了。」

「這就是了。」馮不八這才下了氣，然後向任勞、任怨叱道：「你們這兩個狗奴才，一個是老不死，一個是小王八蛋，這毒恙必是你們弄的鬼！誰下的毒，生個兒子沒屁眼！」

她一開口就罵，比陳不丁罵得更潑，這罵得一輪，又嗆了陳不丁一句：「你還不跟我一起罵！」

陳不丁連忙會意，也搭了腔。眾人這才明瞭：

馮不八不是不痛恨這兩個刑部裡專門製造假冤錯案的狗腿子，而只是不喜歡陳不丁搶在她前面罵人。

她先罵、丈夫附和，那就可以。

要不是眾人都身陷困境，見此情形，也必然會忍俊不住，非嘲刺揶揄陳不丁幾句不可了。

任勞也不動氣，只道：「死到臨頭，能有多少話都說出來吧！省得待會兒給挖目拔舌時，想罵都罵不出來了。」

溫夢成道：「這『恙毒』是你們下的吧？」

任勞道：「沒有花老哥的得意門生，我們也不易下手。」他用手拍拍在一旁的蔡追貓，道：「幸好你有個這樣的好徒弟。」這句話他是向花枯發說的。

花枯發咬牙切齒地道：「好，好！」

蔡追貓愣了愣，猶在五里霧中，喃喃地道：「是我……怎地又是我？」

花枯發突然大吼一聲，只見兩片薄而銳利的葉子，疾射而出！

一打向任勞！

一打向蔡追貓！

任勞早有防備，一抄手，接住，身子一晃，道：「好厲害。」只覺一股厲烈的內勁，仍透過這片薄薄的鋼鐫葉片襲來，不禁又退了一步，正想說話，只覺內力仍未消散，長吸一口氣，才壓下了心頭的煩惡，道：「來得好！」遂發現右手虎口處仍被這一片薄葉割傷。

任勞自是心下暗驚：這老傢伙中「恙」在先，但出手的兩片葉子，還幾令自己吃了點小虧，如果自己不是早有防範，只怕就要栽得沒名沒姓了。

花枯發運聚餘力驟起發難的主力不是在任勞，而是在蔡追貓。

他要清理門戶。

他自知已落入這對「任勞任怨」手裡，刑部的人已盯上了他們，這個壽宴連累了一群江湖朋友，他說什麼也得要把這吃裡扒外的罪魁禍首宰掉再說。

蔡追貓著了恙毒之後，全身發軟，自無能力躲開師父的「一葉驚秋」。

就在此時，忽有人大力的撞了他腰板一記。

蔡追貓整個人飛了出去，跌在地上，爬不起來；不過總算保住了性命。

撞他的人是溫夢成。

花枯發怒道：「你……我清理門戶，關你何事！」

溫夢成也怒道：「你見過下毒的人，自己也中毒的麼？」

花枯發一愣。

他這時才想到蔡追貓也手足發軟、動彈不得。

溫夢成忿忿的道：「也沒看過這樣莽撞的清理門戶！」

他自然生氣。

因爲花枯發貿然射出「雙葉」，已把「最後一擊」之力用盡，而他爲了救蔡追貓一命，只餘貯的一點內力，也都發了出去。

——誰來對付任勞、任怨？

——用什麼來對付任勞、任怨？

他們的處境，任勞自然也看得出來，所以任勞很愉快的啫聲道：「難得，難得！」

任勞好整以暇的接道：「我說什麼，你就信是什麼，比我乖孫子還聽話。」

花枯發怒道：「你……」可是已失去了發作的能力。

溫夢成沉住氣道：「你要幹什麼？」

任勞道：「你們這一干人，惹事生非，目下京畿路要實行新政，你們知不知罪？」

花枯發呸了一聲：「罪你姥姥的！咱們要是犯法，你就逮我們好了；要是沒犯罪，你給我滾開八萬五千里遠！」

任勞也不動氣：「京城裡的各路幫派，不可以再胡混下去，擺在你們面前，只有兩條路……」

溫夢成冷哼道：「當日朝廷要用我們的時候，出兵平寇定亂、抗金拒遼、剋制西夏、舉兵吐蕃、揮兵黔南，都要我們捐兵獻財，你們做官的則坐享其成，只管認功領賞，現在一旦不要我們了，又翻起臉來不認人，還出這種下三濫的手段，要殺就殺，還有什麼路可選的！」

任勞不怒反笑：「溫老大，你先別光火。其實擺在你們面前，全是光明大路，從此風光富貴，是你們求之不得的哩！」

「是好路數還用得著下毒！」花枯發恨聲道：「恨只恨讓大家爲了老夫的壽宴而中伏，令我愧對天下武林同道！」

陳不丁大聲道：「花老，這可不是你下的毒，大家有眼有耳、有口有鼻，頭上長腦袋，這明著不關你的事，大家都冤有頭、債有主，不會怨上了你的！」

「好，你們都英雄！」任勞冷笑道：「是英雄的何不加入朱勔大將軍部隊，爲國效力？」

衆人一陣騷動。

溫夢成忽平靜地道：「你說朱勔？」

任勞道：「朱將軍正是用人之際。」

「用人？用人來欺上瞞下，榨取民脂民膏？用人以騷擾民間，以逞一己之欲？」溫夢成不屑地道：「朱大人的爲人作風，在江湖上揚得了名、立得起萬、直得起脊骨的江湖好漢們，都領教了。」

任勞臉色一沉：「你這是什麼意思？」

「很簡單，」溫夢成浩然地道：「敬謝不敏。」

此語一出，大廳裡的群豪紛紛呼應道：「對！」「說的好！」「叫他滾回老家去！」「朱勔？滾他娘的豬皮蛋！」

任勞嘿地一聲，用歹毒的眼神往全場一個一個的巡視過去，用鼻子哼哼道：「好，硬骨頭，你們還有一條路！」

溫夢成也哼道：「你愛說便說，聽不聽在我。」

任勞道：「把你們都收編入『金風細雨樓』裡。」

此語一出，眾人俱爲之愕然。

溫夢成詫然問：「『金風細雨樓』幾時跟刑部有掛勾？」

任勞咧出稀落的黃牙，一笑道：「『金風細雨樓』已和禁衛軍成一家。」

溫夢成道：「是誰派你們來的？」

「除了四大名捕，」任勞瞇著老眼，笑道：「還有誰？」

大廳起起落落都有人在喊：「我不信！」「說謊！」「四大名捕要抓我們，何須這種卑污手段！」

任怨忽然把手一揚，道：「這是什麼？」

溫夢成和花枯發站得最近，一眼看得清楚，失聲道：「平亂玦！」

「平亂玦」是皇上賜封「四大名捕」的令牌：在刑部擁有超然的位份，可以不受制於各方官員的權限，而且在江湖上有先斬後奏、行使決殺緝捕的特權。

溫夢成張大了嘴，喃喃地道：「確是四大名捕……怎麼會是他們!?」

任怨行前一步，道：「意下如何？」

花枯發索性說了出去，大聲道：「四大名捕又如何？都是同一鼻子出氣的狐群狗黨！不加入就是不加入！」

任怨忽然羞澀地一笑。

他緩緩的伸出雙手。

他伸手托搭住溫夢成和花枯發的兩隻手。

這態度是友善的。

他也滿面笑容。

羞怯的笑容。

——彷彿他是很不慣於應對，但又很不擅於應對，但又很親切友善的和人拉拉手，算是招呼。

可是這兩隻手一搭上了溫夢成和花枯發的脈門，兩人就有苦自己知。

他們的五臟六腑，登時像浸在沸水裡，而且，冒升的不是泡沫，而是一柄柄尖銳似的小刀，把他們的腸胃心臟絞割著。

他們痛得死去活來，偏又一聲都叫不出來。

任怨不許他們叫，他們便叫不出來。

任怨又問：「如果二位肯率先加入，我在相爺面前保你們的前程。」他暗中一催力道，又問：「不知兩位現在的意思是怎樣？」

說到這裡，他把極為陰損的內力歇了一歇。

花枯發藉對方一歇之間，想衝口叫道：「殺了我也不加入！」不料，一股怪異的真氣猛然往自己的喉頭一衝，說出了口的話就變成：「換了我一定加入！」語音怪異已極！

無論語音如何扭曲，但已說出了口，大廳群雄，盡皆錯愕。

「你怎麼能答應他？」

「給人一逼就屈服，算什麼江湖上的好漢！」

「呸！花枯發，我壽南山今天算是認清你的真面目了！」

花枯發苦於有口難言，眼前這個年輕人，竟可以用內力控制住人的發聲。

花枯發努力想說出幾個字來澄清，無奈在對方古怪內力的衝擊下，奇經百脈苦痛難受，竟連一個字都說不出來。

那邊廂溫夢成情知不妙，咬緊牙關，不說一字，不料那怪異的內力一催三振，逼他要開口吐聲，溫夢成竭力要以內功匡護，但已中了毒恙，內息渙散，強自壓制下，忽覺體內一股沛莫能禦的內力崩裂而出，猛把口一張，哇地吐出一口血箭，他趁此大叫道：「殺就殺，我絕不加入……願爲相爺效死！」

前二句，是他的衷心話，但後一句語音已爲任怨所制，所以才說出這麼一句前後矛盾的話來，使堂中群豪，全直了眼睛，開始感覺到內裡定有古怪。

溫夢成的處境，花枯發猶如寒天飲冰、冷暖自知。偏他也無法開聲吐氣，就連自己所受的誤會也無法辯明。

更可怕的是，在任怨手上內力的侵蝕之下，溫夢成和花枯發分外感覺到五臟六腑迅速的衰弱下去。

就算能僥倖得免，幸得苟存，這一刻對心臟和肺腑所造成的傷害，已是無可補救了。

大家都有一個感覺：

沒想到今天會喪命在這裡。

——沒想到會喪命在這樣一個陰毒的小伙子手上！

請續看《一怒拔劍》下冊

稿於一九八六年十二月二十七日生日出書大歡聚

再校於一九八九年一月初全力寫「槍」（「驚艷一槍」）時

修正完於一九九〇年十二月八日，十天來為安定事大起大落，大死大活。

風雲精選武俠經典　編為臥龍生精品集

飛燕驚龍

臥龍生—著

臥龍生與司馬翎、諸葛青雲並稱台灣俠壇的「三劍客」
台灣武俠小說界，臥龍生獨領風騷被稱為「台灣武俠泰斗」
臥龍生是台灣著名武俠小說作家，也是海外新派武俠小說家一員

《飛燕驚龍》故事情節曲折離奇，波瀾起伏，幾無冷場，成為當時台灣最暢銷的武俠小說，開創一代武俠新風。

——台灣武俠小說研究專家**葉洪生**——

原本平靜的山莊，突然遭遇前所未聞的襲擊，從此武林道上又掀起腥風血雨。為了探尋武林密笈，師徒之間翻面成仇；幫主朋輩，爾虞我詐；兄弟之間，陷阱重重。種種原因使得崑崙派年輕弟子楊夢寰不得不步入武林之中。沈霞琳為楊夢寰師妹，天真純潔的她，對師兄一見鐘情，楊也在朝夕相處之下，與師妹漸生情愫，然一來歷不明的俊秀青年及無影女李瑤紅的出現，致使戀情生變……

【武俠經典新版】說英雄·誰是英雄系列

一怒拔劍（上）

作者：溫瑞安
發行人：陳曉林
出版所：風雲時代出版股份有限公司
地址：10576台北市民生東路五段178號7樓之3
電話：(02) 2756-0949
傳真：(02) 2765-3799
執行主編：劉宇青
美術設計：許惠芳
行銷企劃：林安莉
業務總監：張瑋鳳

初版日期：2021年10月新版一刷
版權授權：溫瑞安
ISBN：978-626-7025-03-1
風雲書網：http://www.eastbooks.com.tw
官方部落格：http://eastbooks.pixnet.net/blog
Facebook：http://www.facebook.com/h7560949
E-mail：h7560949@ms15.hinet.net
劃撥帳號：12043291
戶名：風雲時代出版股份有限公司
風雲發行所：33373桃園市龜山區公西村2鄰復興街304巷96號
電話：(03) 318-1378
傳真：(03) 318-1378
法律顧問：永然法律事務所 李永然律師
北辰著作權事務所 蕭雄淋律師
行政院新聞局局版台業字第3595號 營利事業統一編號22759935

定價：290元

國家圖書館出版品預行編目資料

一怒拔劍（上）／溫瑞安 著. -- 臺北市：風雲時代，
2021.09- 冊；公分 (說英雄.誰是英雄系列)
武俠經典新版

ISBN 978-626-7025-03-1（上冊：平裝）

1.武俠小說

857.9 110012802